TRIPTYQUE EN *RÉ* MINEUR

DU MÊME AUTEUR AUX ÉDITIONS INTERVALLES

La Belle Affaire, 2015
Des fleurs dans le vent, 2018, prix Hors Concours 2018
Saisons en friche, 2020

CHEZ D'AUTRES ÉDITEURS

Théâtre
Sniper Avenue, Quatorze minutes de danse & Le temps qu'il fera demain, L'espace d'un instant, 2007
Le Phare, Lansman/TARMAC, 2009
L'Enfance dans un seau percé, Lansman, 2011
Migrants, Lansman/TARMAC, 2013
L'Histoire de la princesse, La Fontaine, 2014
L'Amour c'est comme les pommes, Koiné, 2015
Holiday Inn – Nuits d'accalmie, Lansman, 2016
Le Goût salé des pêches, Lansman, 2016
Yalla !, Lansman, 2017
Pourvu qu'il pleuve, Lansman, 2018
C'est quoi l'amour ?, Lansman, 2019
Ruptures, Lansman, 2020

Chroniques
Lettres de Beyrouth, Lansman/TARMAC, 2012 (avec Sedef Eçer)

Romans
Orages, Actes Sud Junior, 2008
Une île en hiver, Le ver à soie, 2016

L'auteur a bénéficié, pour la rédaction de cet ouvrage, d'une bourse du Centre National du livre.

ISBN : 978-2-36956-320-4

SONIA RISTIĆ

TRIPTYQUE EN *RÉ* MINEUR

ÉDITIONS INTERVALLES

Achevé d'imprimer en juillet 2022
sur les presses de l'imprimerie Laballery
à Clamecy (58)
Imprimé et broché en France
Numéro d'impression : 206435

Dépôt légal : troisième trimestre 2022
Composition et couverture : Catherine Piot, Garance Marty
Révisions : Garance Marty, Pierre-Olivier Cervesi

Éditions Intervalles

Direction éditoriale : Armand de Saint Sauveur

2, rue Bleue 75009, Paris France
Tel. : +33 1 53 43 83 30
www.editionsintervalles.com

Le récit est radical en ce qu'il nous crée
à l'instant même où il est créé.

Toni Morrison

MILENA

Lettres à Sam
(*Concerto pour piano n° 3* de Sergueï Rachmaninov)

Belgrade, August 3rd 1972.

Dear Sam,

Ta lettre est arrivée en neuf jours ! Nous voilà fixés sur les délais postaux, même s'il n'y a aucune garantie que les prochaines seront aussi rapides.

Non, elle n'a pas été « interceptée par le bureau de la censure » qui, je te le répète pour la énième fois, n'existe pas chez nous. Nous avons bien évidemment des gratte-papier qui jettent un œil sur ce qui s'apprête à paraître dans les maisons d'édition et visionnent les films avant de leur accorder un visa d'exploitation, mais on les appelle « lecteurs », tout simplement, et vu la production foisonnante je doute fort qu'ils aient le temps de rédiger des notes détaillées à l'attention du Parti, où je doute encore plus que qui que ce soit prenne le temps de les lire.

Alors, pour clore le chapitre « La fertile imagination d'un Américain moyen qui a vu trop de mauvais films d'espionnage » : Non, je n'ai subi aucun interrogatoire à mon retour de Paris. Personne ne me suit. Il n'y a ni voiture noire ni homme en imperméable fumant, le visage caché, en bas de chez moi. Seulement un grand soleil qui tasse les ombres projetées par les arbres, l'asphalte à moitié fondu par la chaleur épaisse de ce mois d'août, et trois gamines aux voix beaucoup trop aiguës qui sautent à l'élastique pile sous ma fenêtre. (Pure curiosité au rayon sociologie : joue-t-on à l'élastique en Amérique également ou est-ce un de nos exotismes balkaniques ?)

Bref, les seules questions qu'on m'ait posées depuis que je suis rentrée viennent de mes proches et sont, dans cet ordre :

— si j'ai ramené du bon cognac (nous en avons ici un ersatz terrible appelé Vinjak) ;

— quelles fringues je me suis achetées ;

— si j'ai rencontré un Français moche mais terriblement sexy ressemblant à Montand jeune ou à Belmondo.

Lorsque je réponds que j'ai rencontré deux Américains ne ressemblant, hélas ! ni à Steve McQueen ni à Humphrey Bogart, mon auditoire largement féminin est très déçu !

(Je te taquine. En vérité, toutes sont avides de m'entendre raconter les détails croustillants, mais en bonne écrivaine, je sais ménager le suspense et ne leur livre le récit de nos folles aventures que par courts épisodes. Ainsi, je m'assure de briller dans les soirées jusqu'à l'automne au moins.)

Merci pour les cartes avec les tableaux de Hopper, ils sont vraiment merveilleux, je ne connaissais pas ceux que tu m'as envoyés. Et mon voisin, M. Petrović, te remercie infiniment pour les jolis timbres venus enrichir sa collection déjà impressionnante. Depuis qu'il a compris que je reçois du courrier de l'étranger – d'Amérique qui plus est!–, je suis remontée de plusieurs crans dans son estime. Il ne me fait plus de remarques pincées sur la musique que j'écoute ni sur les heures avancées de la nuit auxquelles je rentre. Qui aurait cru qu'il suffirait d'une séries de petites images bariolées pour l'amadouer? Sans le savoir, tu vas m'épargner des conversations désagréables quasi quotidiennes.

J'ai repris le travail le lendemain de mon retour (tu peux imaginer ma forme olympique après la semaine de nuits très courtes que nous avons passée), mais rien de follement excitant. Une énième production du *Tramway* de Williams se prépare pour la saison prochaine au théâtre où je suis employée; on m'a demandé d'en revoir la traduction, qui n'était pas très bonne, et de mieux faire sonner les dialogues en serbo-croate.

J'y passe quelques heures par jour avec Svetlana, l'amie dramaturge dont je t'ai parlé. Nous n'étions pas particulièrement copines lorsque nous étions à l'Académie des arts dramatiques, je la trouvais insupportablement prétentieuse et tatillonne, mais depuis que nous sommes collègues, nous nous sommes rapprochées et c'est une chic fille en réalité. Tellement farfelue et drôle, elle pourrait être un personnage de roman! Quand on fait équipe, même en planchant sur les scripts les plus insipides, nous parvenons à nous amuser. Elle me tanne pour que nous partions quelques jours au bord de la mer (Belgrade en plein été est toujours un peu pénible), mais après mon escapade parisienne, je suis trop fauchée pour l'envisager sérieusement. Alors nous nous consolons en passant nos week-ends sur les plages de l'Ada Ciganlija (une petite île fluviale sur la Save, voir carte postale ci-jointe) où Svetlana peut reluquer les maîtres-nageurs à loisir. Elle dit que ça ne vaut pas les spécimens dalmates, mais on fait avec ce qu'on a.

J'ai une grande nouvelle... enfin peut-être. Je croise les doigts et touche du bois pour ne pas tout faire foirer en la criant sur les toits trop vite. Il se pourrait que j'obtienne un contrat permanent à la RTS (la Radio-télévision-serbe). L'oncle de la tante du voisin du cousin de ma mère y a un poste important et ma mère le travaille au corps depuis des mois pour qu'il me dégotte une place. À la télévision les salaires sont meilleurs qu'au théâtre (ce qui ne serait pas de refus si nous prévoyons de nous revoir avant le siècle prochain), mais surtout, en y devenant permanente je pourrais plus facilement obtenir un logement d'État. Bon, ce serait Dieu sait où, Nouveau Belgrade sans doute, ça voudrait dire prendre des bus bondés pour venir bosser et vivre dans un de ces affreux blocs neufs (je te raconterai la splendide architecture du réal socialisme une autre fois), mais je ne m'en plaindrais point.

J'aime bien ma studette d'étudiante du centre-ville, elle est charmante et je suis près de tous les lieux que je fréquente, c'est juste que le loyer mensuel restreint considérablement ma capacité à renflouer ma tirelire dédiée aux voyages, et puis c'est plutôt mal chauffé, mes factures sont astronomiques en hiver. Donc, doigts croisés et bois touché pour que ma mère arrive à faire jouer son piston, puisque c'est ainsi que les choses semblent fonctionner chez nous. Je sais que même sans intervention divine (= maternelle) je finirai par obtenir un appartement tôt ou tard ; le truc, c'est que ça risque d'être tard (on attend habituellement au moins cinq ans avant de se voir accorder un appartement d'État), or ça m'arrangerait que ce soit tôt.

Dans mon entourage, personne ne comprend pourquoi je suis partie de chez mes parents, où j'ai toujours ma chambre, et où j'aurais été logée-nourrie-blanchie-choyée-gâtée en fille unique que je suis. Ici, nous restons vivre chez les parents jusqu'au mariage, et souvent même, les femmes passent de la cuisine maternelle à celle de la belle-mère. Il n'y a que les étudiants de la campagne qui louent chambres et studios le temps de leurs études, quand ils n'ont pas réussi à obtenir une place en résidence universitaire. Mais depuis ma première année à l'Académie, je me suis démenée pour être indépendante, je ne rêvais que de cela depuis l'adolescence. Svetlana dit que c'est à cause de Virginia et de sa *Chambre à soi* que j'ai prise au pied de la lettre. Elle n'a pas tort, même si je crois que ce fut également pour fuir la maladie de mon père. Bref, aussi modeste que soit mon nid, je n'échangerais ma liberté pour rien au monde. Lorsque je serai mieux logée, vous viendrez me rendre visite ici, tous les deux ?

Quoi d'autre ? Ah oui ! j'ai recueilli un chat errant. Un mâle gris maigrichon qui semble toujours perdu dans ses pensées et qui louche un peu. Je l'ai baptisé Jean-Paul (en hommage à Sartre, pas à Belmondo – je le précise car niveau culture générale, avec vous autres, Américains, on ne sait jamais). Me voilà parée : une mansarde du centre-ville, une machine à écrire sur un grand bureau, des reproductions de Hopper et des photos de Paris punaisées au mur, du cognac de luxe dans le buffet et un chat – le parfait attirail de l'autrice, jusqu'au cliché. Il ne reste plus qu'à écrire.

Rien de très prometteur de ce côté-là, hélas ! Des bouts d'idées, des tentatives, mais rien qui tienne, rien qui m'emporte. Je m'étais collée un soir à une nouvelle inspirée de nos soirées parisiennes et c'était d'un mauvais ! Tellement mauvais que j'ai eu un fou rire en la relisant à voix haute. On aurait dit un pastiche de *Paris est une fête*, le pauvre Ernest a dû se retourner dans sa tombe. Svetlana me maintient que souvent l'habit fait le moine, qu'en peaufinant le décor et les costumes je finirai par y croire moi-même, à mon statut d'écrivaine, mais je ne trouve pas cette approche très convenable pour une stanislavskienne.

Et toi, ton roman avance ? Raconte-moi un peu à quoi tu occupes tes journées. Et s'il te plaît, dis bonjour à Peter de ma part (je ne sais pas s'il a reçu ma lettre postée il y a une semaine).

Je t'embrasse,

M.

Belgrade, November 29th 1972.

Dear Sam,

Tout d'abord, mes plus plates excuses. Je suis désolée d'avoir mis tout ce temps à t'envoyer autre chose que quelques phrases laconiques au dos d'une carte postale, pour te confirmer que je recevais bien tes missives et te promettre une réponse digne de ce nom.

J'ai commencé à t'écrire à plusieurs reprises, mais chaque fois j'ai été interrompue par une urgence ou un imprévu. Les feuilles avec mes débuts de lettres restaient ainsi des jours et des jours sur mon bureau, jusqu'à ce que Jean-Paul finisse invariablement par renverser du café dessus, et alors, tout était à recommencer. C'est Jean-Paul donc qui est responsable de mon silence prolongé !

(Je crois que ce chat a la capacité de lire dans mes pensées. Alors que je suis en train d'écrire ceci, il me regarde fixement et avec une expression d'immense déception mâtinée de mépris. Ça va me coûter cher en foie de volaille pour qu'il me pardonne. Quant à mériter ton pardon, il me faut trouver une meilleure idée, car je ne suis pas certaine de pouvoir m'en tirer avec un Tupperware de boulettes de foie en direction de Philadelphie.)

Blague à part, je n'ai pas eu une seconde à moi depuis des semaines. À la fin de l'été, j'ai été emportée dans un tourbillon de travail et d'obligations familiales. Et puis on dirait que toutes les femmes de mon entourage se sont données le mot et se sont mises à convoler les unes après les autres. Depuis septembre, tous mes week-ends ont été pris par des noces et des fêtes de mariage. Et qui dit grosses fêtes le week-end dit gueule de bois ou indigestion jusqu'au mardi au moins ; pas les meilleures conditions pour écrire de longs courriers en anglais.

À propos de noces, ma mère semble avoir attrapé le virus également. Elle va me rendre chèvre. Elle me téléphone tous les deux jours pour me rappeler mon grand âge (je viens d'avoir 27 ans !), me causer de mon utérus (qui, selon ma mère, a un délai de péremption approchant à toute vitesse) et m'avertir du nombre décroissant de bons partis encore disponibles sur les étals de la foire aux maris. Elle ne cesse de comploter avec ses amies et me pose des traquenards, m'impose des déjeuners et dîners où soi-disant je ne peux pas me débiner, pour me faire rencontrer le fils d'unetelle qui est ingénieur ou le neveu d'une autre promis à une brillante carrière de médecin.

Je me suis même retrouvée un soir à un quasi-*blind date* avec un professeur d'électrotechnique qu'on m'avait vendu comme le plus adorables des Apollon et qui s'est avéré l'être le plus ennuyeux de la planète. Du bout des lèvres, il m'a posé quelques questions sur mon travail et il a écouté mes réponses avec un sourire condescendant, comme si j'étais sa petite cousine de 12 ans lui racontant un de ses spectacles d'école. Il a enchaîné ensuite avec un exposé de trois heures sur des installations électriques (tu y crois toi, qu'il existe sur terre des hommes capables de parler trois heures durant d'installations électriques en étant persuadés que ça intéresse leur interlocutrice ?). J'ai regretté de ne pas avoir de foulard assez long pour aller me pendre dans les toilettes et abréger ainsi mes souffrances.

Merci, merci, merci infiniment pour les cadeaux ! Tu es fou, ça a dû te coûter une fortune d'envoyer ce colis. Tu es vraiment mon père Noël américain, et des remerciements en trois langues ne suffiraient pas pour exprimer ma gratitude.

(Bien sûr que le Père Noël existe chez nous, voyons ! Il est vrai qu'il ne s'appelle pas ainsi – littéralement, il s'appelle Pépé Givre dans ces contrées – et qu'il a l'habitude de venir dans la nuit du 31 décembre chez la plupart des gens. Mais il est habillé tout pareil ; il sue sous son costume et tripote probablement les enfants qui s'installent sur ses genoux pour la photo tout comme il le fait dans les grands magasins du paradis capitaliste. En revanche, non, pas de Halloween ni de Thanksgiving au paradis de l'autogestion socialiste, juste la fête nationale, qui tombe aujourd'hui d'ailleurs, et que j'honore en ayant enfin une journée rien qu'à moi pour t'écrire une lettre digne de ce nom.)

C'est ma voisine qui a réceptionné ton colis, tu aurais dû voir les étoiles dans ses yeux, prunelles transformées en drapeau américain, tandis qu'elle soupesait son poids et reluquait sa provenance. J'ai eu du mal à m'en débarrasser, elle bloquait la porte de son pied en espérant probablement que je le déballerais devant elle. Tu auras compris à ce stade que les services secrets me fichent une paix royale, mais qu'en revanche, la tendance de mes voisins à se mêler de ma vie est sans limite (ce qui n'a aucun rapport avec le communisme, ce sont juste les Balkans qui s'expriment). Qui sait ce qu'elle s'imaginait qu'il y aurait dedans ? Et à quel point elle aurait été déçue de découvrir que le carton contenait seulement des journaux, des livres et des papiers. Mais pour moi, ça a été comme mon anniversaire, Noël catholique, le jour de l'An et Noël orthodoxe combinés !

Je suis tellement touchée que tu te sois souvenu de notre première conversation dans ce café de Saint-Germain-des-Prés, quand tu m'as demandé quel était mon livre préféré au monde. J'ai *East of Eden,* en serbo-croate bien sûr, mon exemplaire est corné, annoté, souligné, il ressemble à une tête de chou à force d'être lu et relu, mais que tu aies pris la peine d'écumer les boutiques d'antiquaires et les vide-greniers pour me trouver un exemplaire de l'édition originale signé de la main de Steinbeck m'a émue aux larmes. Je me fiche de savoir que la dédicace n'est probablement pas authentique, je choisis de croire que c'est mon idole lui-même qui a gribouillé ces quelques lignes, et mon cœur s'arrête à chaque fois que je pense que le colis aurait pu se perdre ou être volé.

Et le premier numéro de *Ms Magazine,* quelle merveille ! Cette couverture ! J'en suis dingue. Je vais l'encadrer je crois, après avoir photocopié les pages intérieures pour pouvoir relire les articles à loisir. Sérieusement, tu trouves que je ressemble à Gloria Steinem ? J'en suis très flattée, même si en dehors des cheveux, je ne vois pas vraiment la ressemblance. Elle a seulement une dizaine d'années de plus que moi, mais quand je vois tout ce qu'elle a déjà accompli, je me dis qu'il faudrait que je me mette plus sérieusement au boulot.

And last but not least, ta nouvelle ! J'ai rougi comme une adolescente en découvrant que son titre était *Milena à Paris* et je me suis précipitée pour la lire. Elle est magnifique, à force j'ai fini par la connaître par cœur. C'est très romancé évidemment, et notre petit trio apparaît bien plus sulfureux et passionné qu'il ne l'a été dans mon souvenir, mais je n'y vois que la preuve de ton immense talent. Et quel bonheur qu'elle ait été acceptée en vue d'une publication ! Je suis sincèrement admirative. Félicitations, mon brillant ami. Je ne voudrais pas abuser, mais te serait-il possible de m'envoyer un exemplaire de la revue lorsqu'elle paraîtra ? Si je me mets à clamer que je suis devenue la muse d'un fabuleux écrivain américain, personne ne me croira ; il me faut donc des preuves tangibles ! Je plaisante, la vraie raison c'est que je trouve cette nouvelle si belle, que j'aimerais beaucoup l'avoir dans sa version publiée.

Hors de question, en revanche, que je te fasse lire la mienne. Surtout après avoir découvert *Milena à Paris*. Je ne l'ai même pas montrée à Svetlana, à qui je montre bien des premières moutures honteuses en temps normal. Ma nouvelle est très mauvaise, crois-moi sur parole. Plus ampoulée que mes écrits du lycée. Je pourrais aussi bien m'en servir pour tapisser la litière de Jean-Paul. Cependant, je suis assez contente d'une fiction radio que je viens de terminer. Si j'ai le temps, j'essayerai de la traduire pour toi ; si ça t'intéresse bien sûr. Peut-être qu'après tout je ne suis pas complètement perdue pour la littérature.

Non, toujours pas de nouvelles pour l'appartement d'État. Ça va prendre un peu de temps, même avec un piston solide. Ce n'est pas grave, je ne suis pas pressée. Mon père m'a bricolé un chauffage d'appoint (il passe son temps à désosser et réassembler des machines ; pour les rendre plus performantes, dit-il) et ça va aller, je vais pouvoir tenir encore quelques hivers ici. J'aime le quartier où je suis, le grand parc de Tašmajdan tout proche (celui qui est sur la dernière carte que je t'ai envoyée) et les sonneries des tramways qui montent et descendent le boulevard de la Révolution. Mon chez-moi actuel est petit mais charmant. Je te joins le croquis fait par un ami peintre, ça rend mieux qu'en photo. (Garde ce dessin précieusement, Santi est un artiste exceptionnel et ce gribouillis, fait lors d'une soirée de beuverie, vaudra une fortune un jour.)

Alors que je suis en train d'écrire ces lignes, il commence à neiger. J'adore ce moment, celui de la première neige de l'hiver. Souvent ce n'est qu'au réveil que je découvre la ville recouverte de blanc, mais vu que je veille tard pour m'assurer de terminer ma lettre cette fois-ci, la nuit me fait ce cadeau. Jean-Paul est surexcité, il essaye d'attraper les flocons à travers la vitre. Et sur le trottoir en contrebas, un jeune couple s'embrasse. Le tableau est d'un kitsch ! On se croirait dans un navet hollywoodien. Je dois avouer que mon côté midinette s'en délecte. Bien au chaud grâce à l'invention de mon père, j'écoute Rachmaninov (le

Concerto pour piano n° 3) et je corresponds avec un futur prix Pulitzer. Je trouve que ma vie est fabuleuse.

Merci encore, mon ami, pour toutes tes délicates attentions.

Love,

M.

P.S. : Merci également pour les nouvelles de Peter, qui est beaucoup moins prolixe que toi et ne m'en donne qu'au compte-gouttes. Embrasse-le de ma part.

Belgrade, January 5th 1973.

Dear Sam,

C'est à mon tour de me faire des films et de me demander si ce colis arrivera jusqu'à toi, ou bien s'il sera intercepté par des agents zélés de la CIA, ou du FBI, ou d'une autre de vos nombreuses agences fédérales chargées de veiller à ce que les méchantes communistes ne viennent pas perturber la bonne marche du consumérisme victorieux. Or, comme tu ne cesses de m'affirmer que les États-Unis sont un étalon pour ce qui est des libertés individuelles et du bonheur humain en général, que l'époque de la chasse aux sorcières maccarthyste est bien révolue, je ne peux qu'espérer que mon présent ne sera pas trop malmené avant d'atterrir dans tes mains, ou plutôt, sur tes épaules.

Au cas où,

NOTE À L'ATTENTION DE L'AGENT EN TRAIN D'INSPECTER CET ENVOI :

Cher Monsieur,

Ne perdez pas votre temps avec ma petite personne et allez plutôt boire un bourbon avec vos copains ou faire l'amour à votre femme.

Il n'y a rien ici qui mérite que vous vous y attardiez, seulement un pull-over en laine vierge en provenance du cœur de la Šumadija (Serbie, République fédérative socialiste de Yougoslavie), produite par des paysannes farouchement anti-communistes et tricoté de mes mains expertes (mes coordonnées complètes figurent au dos du colis).

Je jure sur l'honneur qu'à part un sens de l'humour passablement lourdaud, ce cadeau ne véhicule aucun message politique subliminal. Même si c'était le cas, Samuel J., destinataire dudit cadeau, est le plus ardent défenseur des valeurs de votre pays et ne saurait être retourné ni amené à le trahir d'aucune manière. Pas que j'eusse essayé, non, cette idée ne m'a même pas effleuré l'esprit, car voyez-vous, nos dissensions d'opinion sont justement ce qui rend mon amitié avec Samuel J. aussi précieuse et notre correspondance si amusante.

Si toutefois il y avait un message glissé entre les lignes (ou entre les mailles, ha ! ha ! ha !), celui-ci serait que le sens de l'humour n'est point incompatible avec le socialisme.

En vous souhaitant une vie formidable, à vous et à vos proches,

Milena Dj.

Je me suis longuement interrogée sur ce que je pourrais t'envoyer pour te remercier des merveilles que tu as fait pleuvoir sur moi. Même si tu as insisté sur le fait que tu n'attendais rien en retour et que tu ne voulais surtout pas que je me sente redevable de quoi que ce soit, je tenais à te faire savoir à quel point ton geste m'avait touchée.

Mais qu'offrir à quelqu'un qui semble tout avoir déjà, et qui vit dans un pays où, apparemment, il a accès à tout ce qu'il pourrait imaginer ? Livres ou magazines étaient éliminés d'office, à moins que tu n'aies maîtrisé le serbo-croate en cachette et en un temps record ? Quant aux disques que je trouve ici, ils sont pour une bonne partie des rééditions d'enregistrements faits aux États-Unis.

On m'a suggéré de te composer un panier garni avec des spécialités de bouche et des alcools locaux, mais si le colis était retenu au milieu de l'Atlantique plusieurs semaines durant, je craignais que tu ne sois bon pour une intoxication alimentaire, ce qui, en termes de remerciements, ne me semblait pas très approprié.

Svetlana voulait à tout prix que je pose nue pour notre ami peintre (celui qui a fait le joli dessin de mon studio). Elle imaginait une toile me représentant alanguie sur mon canapé, en train de caresser Jean-Paul, placé stratégiquement pour éviter que le tableau ne soit trop olé olé, mais :

— il n'y a aucun moyen de convaincre Jean-Paul de rester en place plus de cinq minutes ;

— poser nue en décembre à Belgrade dans un appartement avec des fenêtres datant d'avant-guerre présente un risque certain pour ma santé pulmonaire ;

— notre ami ayant un immense talent, la valeur de l'œuvre pourrait faire croire aux agents du contre-espionnage américain que tu n'es peut-être pas un citoyen si loyal que ça.

Il me fallait donc trouver quelque chose d'original, de non périssable, possédant à la fois une forte valeur sentimentale et une faible valeur matérielle. C'est en suivant ce raisonnement que j'ai eu l'illumination : j'allais te tricoter un chandail!

Si le résultat laisse à désirer, malgré les longues heures que j'y ai passé et les conseils experts de ma mère et de toutes mes tantes (bon, j'avoue, j'ai eu de l'aide pour monter les manches; après avoir défait et refait trois fois sans que ça tombe comme il faudrait, j'ai laissé ma mère se charger de cette partie), sache que j'y ai mis beaucoup de cœur.

Sens-toi libre également de ne jamais le porter. Je l'ai mis deux minutes et j'ai cru devenir folle tellement la laine vierge gratte. Vive le polyester capitaliste!

Ah oui! j'allais oublier. Ma mère et toutes mes tantes te passent un message extrêmement important. Si jamais tu étais suffisamment sentimental pour porter cette horreur et que tu te retrouvais obligé de laver le pull-over, surtout ne le met pas à la machine, car il serait foutu. Il faut le laver à la main, dans une bassine d'eau froide, avec du shampoing, et le laisser ensuite sécher à plat sur une serviette. (En écrivant ceci, je me rends compte que c'est un cadeau empoisonné, *sorry*!) Et s'il est sale mais ne présente aucune tache, il suffit de l'aérer puis de le mettre quelques jours dans un sac en plastique dans ton congélateur, mes tantes m'assurent que le froid désinfecte parfaitement!

Je n'arrive pas à croire que je viens d'écrire plusieurs pages pour parler d'un tricot moche. Il faut vraiment n'avoir rien à raconter !

Il est vrai que c'est un peu la routine.

J'assiste aux répétitions au théâtre. Je remplace la souffleuse partie en congé maternité. L'acteur qui joue Stanley est très, très, très loin du sex-appeal félin de Brando, il est moustachu et sent l'oignon après la pause déjeuner, ce qui nous plonge, Svetlana et moi, dans une hilarité difficile à contenir. Comme c'est moi qui ai revu la traduction, on ne cesse de me demander de réécrire la moitié des répliques parce que ce paysan n'arrive pas à dire correctement son texte. Heureusement, l'actrice qui joue Blanche est merveilleuse.

Je fais également des piges à la télé. Ce n'est pas follement créatif non plus, mais au moins j'apprends beaucoup sur l'écriture des feuilletons. Je file des coups de main sur celui qui a commencé l'année dernière – ça s'intitule *Le théâtre à la maison* –, c'est mieux que ce que le titre laisse présager et la série a un tel succès qu'il faut aller très vite pour pondre de nouveaux épisodes. Je ne suis pas créditée en tant que scénariste, ce qui m'embête forcément, mais au moins dans les couloirs on commence à savoir qui je suis et personne ne pourra dire plus tard que j'ai été pistonnée lorsque je finirai par obtenir un contrat permanent. (Il semblerait que ce soit pour bientôt, touchons du bois.)

Comme je passe mon temps à cavaler du théâtre à la RTS, inutile de préciser que je n'écris pas du tout « pour moi ». Ce qui me désole, comme tu peux l'imaginer. Mais c'est un renoncement temporaire qui me permettra d'avoir une meilleure situation par la suite, alors je tiens bon.

J'espère que tu as passé des fêtes agréables. Ici nous nous préparons pour la dernière de la série, Noël orthodoxe, qui tombe demain soir. À ce stade du marathon festif, nous avons tous pris au moins cinq kilos, et je ne rentre plus dans mes blue-jeans parisiens.

Je t'embrasse.

M.

P.S. : Peter m'a enfin écrit pour me dire qu'il sera à Athènes début février. Il fait un reportage sur la dictature des colonels pour son journal, mais tu dois être au courant de tout cela. C'est à 1 000 kilomètres de Belgrade et Svetlana pourrait me prêter sa voiture. Je ne suis pas sûre d'être capable de conduire autant tout seule pour faire l'aller-retour le temps d'un week-end, mais si je trouve quelqu'un pour m'y accompagner, j'ai promis à Peter que j'essayerais de l'y retrouver. Si j'y parviens, nous lèverons nos verres d'ouzo à ta santé dans le port du Pirée.

Belgrade, April 2nd 1973.

Dearest Sam,

Me voilà tournant autour de cette lettre depuis des semaines, ne sachant par où la prendre, puisque tu attends une vraie réponse de ma part et que tu m'exhortes à « être sérieuse pour une fois ».

Toute cette histoire est soudainement devenue si compliquée, je ne sais pas quoi en penser, à vrai dire. J'ai l'impression d'être en proie à une tornade d'émotions contradictoires et de ne pas me retrouver dans mes propres sentiments.

Je suis également très confuse face à tes questions, à propos de Peter notamment. Il s'agit de ton ami d'enfance, et même s'il voyage beaucoup et qu'il n'est pas le plus régulier des correspondants, vous vous voyez quand même assez fréquemment. Je suis surprise que vous n'en ayez pas parlé entre vous, et que tu ne sois pas déjà au courant de tous les détails. Mais sans doute que les hommes n'échangent pas avec la même franchise que les femmes ont l'habitude de le faire, qu'il y a des codes – y compris culturels – qui m'échappent, et tu dois avoir tes raisons pour m'interroger, moi, au lieu de ton meilleur ami.

Je vais tenter de reprendre les choses posément, depuis le début, sans être certaine d'y parvenir puisque, comme je te le disais plus haut, je suis très perturbée par ce soudain retournement dramatique.

Lorsque nous nous sommes rencontrés l'année dernière à Paris, tout était léger et pétillant et joyeux. Nous flottions tous les trois sur de petits nuages. Paris dont nous avions tellement rêvé en tant qu'aspirants écrivains ayant lu trop de Hemingway et de Fitzgerald. Ce cadre romanesque, cinématographique, et puis le manque de sommeil, et certainement le vin qui coulait à flots, tout cela faisait que nous étions sur une espèce de *high*, défoncés à la joie d'être en vie encore plus qu'à l'herbe que Peter dénichait Dieu sait où. Mais surtout, la manière dont nous nous sommes retrouvés tous les trois a été si belle dès les premiers instants ! Tu te souviens comment nous trinquions en nous disant que nous savions déjà que ce ce que nous étions en train de vivre, cette rencontre, était de celles qui marquent une vie ? Même si tu sais tout cela, il me semble important de te raconter comment moi j'ai vécu les choses, car je crois que la manière dont ça s'est déroulé par la suite y est fortement liée.

Tu es bien placé pour savoir que j'ai passé cette première nuit avec Peter, vu que tu nous as accompagnés jusqu'à mon hôtel. La nuit suivante Peter a disparu, sans doute avec cette Italienne fatale que nous avions rencontrée à *La Rotonde,* et c'est toi qui m'a tenu compagnie jusqu'au petit matin. Nous avons quadrillé Paris en parlant et un vrai lien s'est tissé entre toi et moi cette nuit-là. Il ne s'agissait pas seulement de mettre du baume sur mon amour propre froissé par l'infidélité de mon amant d'une nuit, c'était bien plus profond que ça. Et si deux jours plus tard je t'ai invité dans ma chambre pour rendre jaloux Peter (qui, lui, a paru plutôt se réjouir du tour pris par les événements), ce n'était certainement pas l'unique raison.

Depuis ces prémices probablement, j'étais déjà tiraillée entre la liberté, la joie, l'insouciance qui se dégageaient de lui et ton côté rassurant. À mes yeux, Peter était l'aventurier fougueux et passionnant, mais sur lequel on ne pouvait compter, et toi, tu étais exactement ce que tu t'efforces d'être, *the good guy*, Gary Cooper dans *High Noon*, droit dans tes bottes, fiable en toutes circonstances.

Nous étions à Paris, dans le scintillement de ces nuits d'été, au milieu de tous ces gens venant du monde entier que nous rencontrions, dans nos conversations passionnantes, nos fous rires, nos rêves de voyages et de gloire littéraire. Nous n'avions que quelques jours, quelques nuits, et tacitement nous avons tous les trois décidé que nous ne laisserions aucune considération petite-bourgeoise, aucun orgueil mal placé, nous gâcher ces moments. Tacitement nous avons décidé que ce petit tango à trois serait notre aventure, notre *Jules et Jim*, que nous allions nous y abandonner pour fabriquer ensemble de quoi rêvasser pendant les nuits d'hiver futures et nourrir nos proses.

Une fois que nous sommes tous revenus dans nos « vraies vies », tu as commencé à m'écrire, avec la régularité qui semble être la tienne en toute chose, et je me suis surprise à guetter le facteur. Si mon cœur bondissait également lorsqu'une carte de Peter arrivait, il ne m'y disait pas grand-chose. Je ne t'ai d'ailleurs jamais caché que nous étions en contact et c'est moi, apparemment, qui t'ai appris que nous avions prévu de nous retrouver à Athènes.

Ça me contrarie beaucoup de lire que « j'ai couru 1 000 kilomètres pour me jeter dans ses bras ». J'ai dû relire cette phrase plusieurs fois tellement ce genre de remarques ne te ressemble pas. Au risque de paraître prétentieuse, crois-tu vraiment que j'aie besoin de courir après un homme ou de me jeter dans les bras de qui que ce soit ? Et puis, quand bien même ce serait le cas, je n'aurais de comptes à rendre à personne. J'ai bien évidemment sauté sur l'occasion de le revoir puisqu'il était si près, mais Sam, j'aurais fait la même chose si ça avait été toi à sa place, ou n'importe quel autre ami que je n'ai pas l'occasion de voir aussi souvent que je le souhaiterais.

D'après ce que je comprends, Peter a été évasif sur notre temps à Athènes. Je ne pense pas que c'était pour te cacher quoi que ce soit ; il devait avoir ses raisons et tu le connais mieux que moi. Il y est venu pour un reportage assez général, sans se douter que pile à ce moment commencerait l'occupation de la faculté de Polytechnique par les étudiants. Cette occupation est toujours en cours, les rangs des opposants grossissent, et s'ils tiennent, s'ils ne se font pas tous emprisonner ou assassiner, ça pourrait bien finir par sonner le glas du régime des colonels. Mais je m'égare, ce n'est pas du tout ce que je cherche à t'expliquer…

L'occupation venait donc de commencer, et forcément, Peter a décidé de suivre cette piste. Comme j'étais là, je l'ai accompagné. Ce qui se déroulait sous nos yeux était passionnant, et c'était également la seule manière de partager quand même des moments avec lui. Nous avons passé la majeure partie de mes quarante-huit heures athéniennes dans un amphithéâtre plein à craquer à écouter de jeunes Grecs débattre (en grec) de lutte contre la dictature et du rôle des États-Unis dans la situation terrible du pays. Il n'y a eu ni soirées en amoureux dans les tavernes à touristes ni visites romantiques, même si je ne vois pas très bien ce que ça aurait changé. L'Acropole, nous ne l'avons vue que de loin (et elle est aussi impressionnante que je l'imaginais).

De ce qui a eu lieu sur le plan personnel entre Peter et moi à Athènes, de ce que nous nous sommes dit, je ne te raconterai rien. Si tu souhaites en connaître les détails, c'est ton meilleur ami qu'il te faudra interroger, pas moi. Si je peux me permettre d'être franche, je trouve que ça ne te regarde pas, comme ne regarde nullement Peter ce que toi et moi échangeons dans notre correspondance. D'ailleurs, il ne m'a posé aucune question à ce propos. Ce que je peux te dire en revanche, c'est que ces quarante-huit heures passées avec Peter à Athènes n'interfèrent en rien dans notre relation, épistolaire ou autre. Elles ne sont qu'une sorte de post-scriptum à ce que nous avons vécu à Paris, et qui sait, l'avenir nous le dira, elles en sont peut-être l'épilogue.

Je suis étonnée, je dirais même que je suis sonnée, par l'intensité de tes sentiments. Je m'attendais à tout sauf à une déclaration d'amour aussi enflammée de ta part. Je ne comprends pas trop d'où ça vient et j'aurais tendance à penser que c'est ta fertile imagination d'écrivain qui te fait croire qu'il s'agit là d'un grand amour. Je t'avoue que n'ai jamais réellement cru au coup de foudre, ces histoires m'ont toujours semblé n'appartenir qu'à la fiction. Je me dois d'être honnête avec toi et de te répondre que si mon attachement n'est pas à la hauteur du tien – à ce point dans le temps du moins, car de l'avenir je ne peux présumer –, ce que tu m'écris me bouleverse et m'interroge énormément.

Je ne sais pas quoi te répondre d'autre que : je ne sais pas. Je ne sais pas si, au fil des mois et des lettres, je finirai par réaliser que je ressens la même chose pour toi. Je ne sais pas si l'occasion de revoir Peter se représentera de sitôt et si, à cet instant, j'aurai envie de le revoir. Je ne sais pas. Je suis désolée, Sam, mais c'est tout ce que je peux te dire pour le moment, car je suis confuse et tiraillée. J'imagine que tu souhaiterais une réponse plus tranchée, plus certaine, une réponse que malheureusement, à ce jour, je ne suis pas en mesure de te donner.

Ce dont je suis cependant sûre est que je tiens énormément à toi, à nos lettres, à notre lien. Ça me briserait le cœur de te perdre. Sur ce point, je n'ai pas l'ombre d'un doute. Oui, j'ai beaucoup d'amour pour toi. Cet amour n'a peut-être pas la forme ni l'intensité que tu aurais souhaitée, mais c'est de l'amour, sois-en assuré.

Sommes-nous vraiment obligés de trancher, de décider de quoi que ce soit, là tout de suite, après quelques nuits parisiennes et quelques mois de correspondance ? Ne pourrions-nous pas juste continuer à nous écrire, apprendre à nous connaître par ce biais, en attendant de trouver une nouvelle occasion de passer quelques jours ensemble ? Il me semblerait fou de prendre une décision définitive sans nous être revus.

Ne doute jamais de mon attachement, je t'en supplie.

Je guetterai le facteur encore plus anxieusement dans les semaines qui viennent.

With all my affection,

M.

P.S. : Je ne peux pas croire que tu portes vraiment mon affreux pull-over ! Je te soupçonne de ne l'avoir mis que pour la photo. Mais je trouve que la couleur te va merveilleusement.

Hvar, July 14th 1973.

Dear Sam,

Ça fait déjà un an, tu te rends compte ? L'été dernier, à cette même date, nous étions à Paris, en train de regarder le feu d'artifice depuis les quais. J'ai l'impression que c'était hier, et en même temps, cette année a été si dense que notre semaine parisienne me semble avoir pris les teintes sépia de la nostalgie. (Non mais cette phrase que je viens d'écrire ! Je suis bonne pour faire carrière dans les Romans Week-End*.)

Je suis à Hvar – une des plus belles îles de l'Adriatique – pour dix jours, avec ma cousine et sa famille, dans une sorte de centre de repos. C'est comme un hôtel mais beaucoup moins cher, le mari de ma cousine y a droit *via* l'entreprise dans laquelle il travaille, et j'ai décidé à la dernière minute de me joindre à eux pour profiter d'un couchage à l'œil (même s'il se trouve dans la chambre des enfants). Je me surprends à rêvasser que nous viendrons ici ensemble un jour, que nous louerons une chambre chez l'habitant, mangerons du poisson grillé et les meilleures glaces du monde chez l'Albanais de la place, et puis que nous écrirons des romans merveilleux, installés de part et d'autre d'une table sur une terrasse avec vue sur la mer.

Savais-tu que le marbre de la façade de la Maison Blanche vient des carrières de l'île de Brač (regarde sur une carte, c'est celle qui est entre la côte et Hvar) ? Et que le plus vieux théâtre communal d'Europe est celui de Hvar, construit en 1612 ? Non, je n'ai pas décidé subitement de changer d'orientation professionnelle pour devenir guide touristique ; j'essaie seulement de semer des graines dans ton esprit au sujet de l'endroit où nous nous retrouverons la prochaine fois. Je te joins des cartes postales pour que tu te rendes compte à quel point cet endroit est magnifique. Je vais continuer à te tanner jusqu'à ce que tu cèdes et que tu acceptes de venir dans mon pays.

Hier, je me suis baladée dans les villages en hauteur où le temps semble s'être arrêté au début du siècle. D'anciennes maisons en pierre, des volets verts clos aux heures où le soleil cogne, des oliviers, de la lavande et du romarin, des vieilles toutes de noir vêtues qui parfois traînent une mule paresseuse derrière elles et qui parlent un dialecte dont je ne comprends qu'un mot sur deux. J'avais l'impression d'être dans un pays étranger ; c'est ainsi que j'imagine le sud de l'Italie, la Corse ou les îles grecques. J'ai pensé à toi en me disant qu'un jour nous visiterions ensemble tous ces endroits. Il ne manquait plus que la musique de Nino Rota pour se croire dans *The Godfather*, lorsque Brando envoie Pacino en Sicile pour le protéger de la guerre faisant rage parmi les familles mafieuses. (J'ai tellement aimé ce film, quels acteurs incroyables !)

Nous passons nos journées à nous faire rôtir sur la plage. J'aide ma cousine avec ses gamins, des garçons de 2 et 4 ans, il faut leur courir après sans cesse pour les enduire de crème solaire, pour regonfler leurs bouées, pour soigner les piqûres d'oursin. Je crois, hélas ! que je suis née sans cette fameuse fibre maternelle. Ma cousine est persuadée qu'à force de m'occuper de ses petits démons, mes ovaires finiront par prendre le dessus sur mon cerveau. Si elle savait ! « Un jour tu auras tes propres enfants et nous partirons en vacances tous ensemble, ce sera génial », me dit-elle, et rien que de me l'imaginer, j'ai des sueurs froides. J'ai beau les trouver mignons à croquer, au bout de deux jours je n'en pouvais déjà plus du boulot que c'est, de s'occuper de marmaille. Je mens effrontément en prétextant des dates butoir urgentes pour la télé afin de pouvoir m'isoler et t'écrire.

Je suis en train de dévorer *Fear of Flying* que j'ai reçu la veille de notre départ en vacances ; merci infiniment de me l'avoir envoyé. Tu continues à me gâter et je ne sais plus comment te remercier autrement qu'en te promettant des cochoncetés la prochaine fois que nous nous verrons. Eh oui ! féministe ardente d'un côté, mais de l'autre toujours conditionnée par les siècles d'échanges de relations sexuelles contre des biens matériels. Je te dirai plus amplement ce que j'ai pensé d'Erica une fois que j'aurais terminé le livre, pour l'instant ça me plaît beaucoup.

Je ne commenterai pas trop la série d'articles grecs de P. D'une, parce que personne ne doutait qu'ils seraient bons, ses papiers. Et de deux, parce que je suis contente que nous ayons surmonté notre petit drame d'il y a quelques mois, et que nous ayons repris le rythme de croisière de notre correspondance. Nul besoin de parler de P.

Je suis heureuse que tu te sois mis à ton grand projet de roman et impatiente déjà d'en lire les premiers chapitres lorsque tu te sentiras prêt à me les envoyer. C'est bien si ce boulot de prof dans le Maryland te laisse tout de même du temps pour écrire. Ça doit te changer de l'ambiance de Philadelphie, cette petite ville universitaire où tu t'es installé. J'espère que tu ne t'y ennuies pas trop.

Je me rends compte de la chance que j'ai de vivre dans un cadre où il est possible d'être autrice professionnelle. Bien évidemment, ce n'est pas accessible à tout le monde. Je fais partie des rares qui ont été reçus au concours de l'Académie du premier coup et qui ont trouvé du travail à peine le diplôme en poche. Je mesure vraiment ma chance. S'il est vrai que j'écris surtout sur commande, j'arrive tout de même à intégrer mes préoccupations dans ces commandes, et il serait malvenu de me plaindre du peu de temps qu'il me reste pour des projets d'écriture personnels alors que j'ai un salaire tout à fait honorable qui tombe tous les mois.

À propos de projets personnels sur lesquels tu m'interroges, non, toujours rien qui tienne. Je crois que je suis trop prise par le quotidien, les textes à rendre, les soucis familiaux (oui, mon père est toujours hospitalisé, malheureusement, merci pour tes mots de soutien), et que je n'ai pas d'espace mental disponible pour me projeter dans quoi que ce soit d'un peu ambitieux. Mais je gribouille, des poèmes en ce moment, érotiques pour certains (c'est Erica Jong qui m'inspire). Je ne sais pas encore ce que ça vaut, on verra bien dans quelques mois si ça finit par donner un recueil. Désolée, je ne me sens pas capable de traduire de la poésie pour t'en faire profiter, c'est beaucoup plus ardu que de transposer de la prose.

Le Pulitzer de Woodward et Bernstein a fait grand bruit ici aussi, et même si ça me déplaît de devoir l'admettre, je suis obligée de concéder qu'en effet, les États-Unis ont quelques trucs à apprendre au reste du monde, sur la question de la liberté de la presse notamment et du contre-pouvoir que ça représente.

Mais ne t'avise pas de crier victoire si vite, mon ami ! Malgré cette concession, je ne suis pas prête à croire tes odes à la plus grande démocratie qui ait jamais existé. Jusqu'à hier à peine, les Noirs de ton pays n'avaient pas de droits civiques et n'étaient pas autorisés à utiliser les mêmes toilettes publiques que les Blancs. Ce n'est pas parce qu'enfin on voit la fin de cette horreur de guerre du Viêt Nam qu'on a déjà oublié. Et puis Gloria et ses copines féministes peinent à faire ratifier l'amendement sur l'égalité des droits alors que, depuis ma naissance, ces mêmes droits me sont garantis par la constitution de mon coin des Balkans. (Ce ne serait pas une lettre digne de nous si elle ne contenait pas au moins un paragraphe de chamaillerie politique !)

Tu devrais sérieusement considérer la Yougoslavie pour nos retrouvailles, ainsi tu pourrais voir de tes propres yeux tout ce dont je te parle. Mais si tu insistes, c'est moi qui viendrai à toi, parce que nous autres, pionniers de Tito, nous n'avons peur de rien ! Et aussi parce qu'à force de lire ce que tu me racontes de ta Nouvelle-Angleterre, je commence à la trouver très exotique.

Baisers salés depuis la plage,

M.

P.S. : Les Romans Week-End* dont je parle au début de cette lettre sont des bluettes à l'eau de rose qu'on trouve dans les kiosques à journaux. Au format A5, imprimés sur du mauvais papier journal et avec l'encre qui bave, ils ont des couvertures représentant des couples enlacés sur fond d'affreux couchers de soleil et un grand cœur rose avec le logo de la maison d'édition.

Belgrade, September 22nd 1973.

Dear Sam,

C'était si bon de te parler au téléphone !

À force de n'échanger que par écrit, nous étions en train de nous transformer en personnages de papier. Si c'est très romantique comme manière de faire, très XIXe siècle, ça demeure tout de même limité. Et vu que nos lettres mettent un temps variable pour traverser l'océan, souvent on se retrouve à se parler en décalé, ce qui n'aide pas à poursuivre les conversations entamées. Je me disais l'autre jour qu'une partie importante de ma vie ressemblait à un livre que j'étais obligée de poser toutes les quelques pages, que je ne pouvais la vivre qu'en pointillé et ça me désolait. Entendre ta voix, être en mesure de discuter ne serait-ce que quelques minutes, m'a fait un bien fou. C'est comme si tu étais redevenu réel, alors que je commençais à me demander si je ne t'avais pas inventé de toutes pièces. (Il faut dire que tu es trop parfait, ça soulève forcément des questions !)

Nous essayerons de le refaire régulièrement, d'accord ? N'hésite pas à rappeler lorsque tu peux et que tu en as envie, ce n'est pas grave du tout si tu me réveilles avant l'aube. Et moi, je t'appellerai des bureaux de la télé ; le prix de la minute transatlantique est absolument rédhibitoire, ce serait une folie de le faire depuis chez moi. Mais depuis le bureau à la télé, quand l'occasion se présentera, vers midi quand tout le monde part déjeuner par exemple (ce qui fait 6 heures chez toi), je pourrai le faire. Pas trop souvent, mais de temps en temps, ça ne devrait pas poser de problème.

Tu l'as senti dans ma voix, on ne peut pas dire que ce soit la grande forme en ce moment.

Mon père est sorti de l'hôpital, cependant je ne suis pas certaine qu'il aille réellement mieux. Il est beaucoup moins agité de manière générale, le traitement l'a calmé, mais quand je vais le voir, je marche sur des œufs et ne sais jamais quel sujet de conversation risque de déclencher une colère ou un délire. J'ai du mal à en parler avec qui que ce soit, les maladies psychiatriques demeurent un grand tabou ici, quelque chose sur quoi on évite de s'étendre, qu'on glisse sous le tapis.

Comme je te disais, mes parents sont toujours mariés, mais depuis que la maladie de mon père a été diagnostiquée, il vit la majeure partie du temps dans notre maison de campagne, alors que ma mère reste à Belgrade. J'ai du mal à savoir si c'est vraiment mieux ainsi, si le calme de la nature lui fait du bien, ou s'il s'agit seulement d'une astuce pour le soustraire aux regards de la famille, des amis et des voisins, afin de s'épargner des questions et des discussions embarrassantes.

Mon père a toujours été ce qu'on appelle un excentrique, depuis tout jeune à en croire ceux qui l'ont vu grandir, mais tout le monde disait que c'était son caractère, qu'il était comme ça, que c'était quelqu'un de compliqué et avec un tempérament ombrageux. Il a fallu qu'il devienne complètement ingérable pour que ma mère, ainsi que mes oncles et tantes, acceptent de voir qu'il y avait un problème psychiatrique et qu'ils le fassent hospitaliser la première fois. Depuis, j'ai l'impression qu'on le laisse se débrouiller tout seul, vivre comme un ermite dans la cambrousse, où il passe ses journées à parler tout seul, démonter et remonter toutes les machines qui lui tombent sous la main en étant persuadé d'être l'inventeur de brevets révolutionnaires que d'obscures puissances cherchent à lui voler.

Ma mère dit qu'il faut le laisser tranquille, que c'est une chance qu'on ait cette maison où il peut vivre comme bon lui semble sans déranger personne, mais je n'y arrive pas. Je suis constamment inquiète, je me demande s'il mange, s'il se lave, s'il ne finira pas par mettre le feu à la maison à force de bidouiller avec l'électricité. Parfois il semble réellement heureux de me voir, il me fait des crêpes et me parle comme si j'étais toujours une petite fille. Et à d'autres moments, quand je tente de ranger et de nettoyer parce que c'est un foutoir inouï, ou que je le questionne pour savoir s'il continue à prendre ses médicaments, il se met hors de lui et me chasse.

Pardon de parler de ça, mais à vrai dire, il n'y a qu'à toi que je peux raconter ces choses-là. Je crois que toi et moi, nous nous sommes reconnus en partie à cause de nos histoires familiales, nos histoires d'enfants uniques avec des parents mentalement instables. Je me souviens de cette nuit parisienne où nous avons marché des heures et où tu m'as raconté la dépression et le suicide de ta mère, la manière dont ça avait déterminé ta trajectoire. Je crois que c'est la première fois de ma vie que j'étais en face de quelqu'un avec qui je pouvais partager ce pan de ma vie aussi librement, dire ces choses sans ressentir ni honte ni gêne. C'est fou quand on y pense, cette histoire de honte. On n'aurait jamais honte d'avoir un proche atteint de diabète ou en train de lutter contre un cancer. Tout l'entourage serait en train d'en parler, tout le monde viendrait soutenir le malade. Alors que s'il s'agit de maladie mentale, on esquive, on regarde ailleurs.

Le reste n'est pas follement joyeux non plus.

Je ne sais pas si je t'ai dit que Santi, mon ami peintre (le très doué que je mentionne souvent), est chilien. Sa famille est originaire de Dalmatie, enfin ses arrière-grand-parents en sont partis à l'époque où c'était encore l'Autriche-Hongrie, ils ont émigré aux Amériques, comme on disait alors. Santi était curieux de la terre des origines, alors il est venu faire l'Académie des beaux-arts ici, puis après la fac, il est resté, mais tous les siens sont toujours au Chili. Depuis le coup d'État, c'est l'horreur. Il n'arrive pas à joindre ses parents, son frère et sa sœur, il est fou d'angoisse. Les nouvelles qui lui parviennent sont terribles, il paraît que les gens disparaissent, que les militaires viennent les chercher en pleine nuit, les emmènent Dieu sait où. On parle de torture, d'exécutions de masse. Ça fait dix jours qu'avec notre bande de copains nous passons des nuits blanches à le réconforter comme nous pouvons, à réécouter le discours qu'Allende a fait à la radio avant de se suicider, et nos journées à aller manifester devant les ambassades.

Mon humeur est bien sombre en ce moment. J'ai la sensation d'être engluée dans un de ces cauchemars dont on n'arrive pas à se réveiller. Je devrais sauter de joie d'avoir signé mon contrat à la télé, de savoir que je serai à l'abri financièrement et que j'aurai bientôt un appartement, mais je me ronge les sangs au sujet de mon père, ainsi que pour Santi et les siens.

Au milieu de tout cela, l'idée d'aller te rejoindre dans le Maryland me semble complètement surréaliste. D'un côté je me dis que ce n'est vraiment pas le bon moment pour organiser ce voyage, et de l'autre je sais que tu as raison ; si on ne le fait pas maintenant, pour les fêtes de fin d'année, qui sait quand est-ce que l'occasion se représentera ? Tant pis pour la voiture que je n'achèterai finalement pas (je n'ai pas vraiment besoin de voiture en vivant à Belgrade de toute façon). Passer ces quinze jours ensemble est sans doute un meilleur investissement dans l'avenir. Allez, je tranche : je serai chez toi du 24 décembre au 7 janvier, et cette pensée m'aidera à m'arracher à la morosité ambiante.

À très vite en *live* donc, et d'ici là, nous nous écrirons comme d'habitude, pour faire passer le temps plus vite.

Love,

M.

Belgrade, November 1st 1973.

Dear Sam,

Comme je te le disais dans mon télégramme, je suis indescriptiblement triste de ne pas pouvoir venir passer ces deux semaines dans le Maryland avec toi. Je m'en faisais une joie immense. Immense. J'avais tellement hâte de voir de mes yeux tous ces lieux que tu me décris et sur lesquels je fantasme en te lisant, de découvrir enfin les États-Unis en ta compagnie, de traverser mon premier océan, de marcher sur un autre continent. Penser à tout cela me faisait flotter sur un petit nuage, alors que les nouvelles familiales, professionnelles, amicales, politiques… ne sont guère réjouissantes ces derniers mois.

J'ai l'impression que tu m'en veux de ce changement de plans, que même si tu ne le dis pas explicitement, tu crois que j'en suis responsable, comme si je t'avais fait faux bond délibérément. Je ne souhaite vraiment pas déclencher une dispute, mais Sam, ce sont tout de même les services de l'ambassade de TON pays qui m'ont refusé le visa ! Et bien évidemment que je leur ai dit que j'avais été membre du Parti communiste lorsque j'étais étudiante. D'une, parce que je ne voyais pas l'intérêt de leur mentir alors qu'ils doivent bien avoir les moyens de vérifier, et de deux, parce qu'il est hors de question que je fasse comme si cette période de ma vie n'avait pas existé, ou pire, comme si je devais en rougir. Tu devrais me connaître assez pour savoir que jamais je ne me renierais. On en a vidé des pichets de vin, lorsque nous nous sommes rencontrés, en discutant de l'importance d'être syndiqué et d'agir concrètement, pour notre bien, qui dépend du bien du plus grand nombre. Toi-même, est-ce que tu rougis d'avoir participé à la marche sur Washington ? Est-ce que tu chercherais à le dissimuler, à l'effacer, par petit intérêt ? Alors, s'il te plaît, si nous voulons que nos chamailleries politiques restent un jeu et ne prennent pas une tournure pesante, évite ce genre de commentaires à l'avenir.

(Histoire que nous ne nous retrouvions pas à en débattre *ad nauseam*, je tiens à préciser que je n'ai pas été exclue du Parti après avoir participé au mouvement étudiant de 1968. Je l'ai quitté de moi-même tout simplement parce que les réunions commençaient à m'agacer prodigieusement et que je n'en pouvais plus des crétins qui s'écoutaient parler pendant des heures – mais qu'ont donc les hommes de tout âge à être aussi amoureux du son de leur propre voix ?!)

Bref, même si on ne m'a pas donné la justification du refus, tout comme toi, je pense que mon court séjour dans les rangs du PC a pesé dans la balance. Et que j'aie fait partie des manifestations devant l'ambassade en septembre, lorsque nous avons protesté contre l'implication des États-Unis dans le coup d'État au Chili, n'a sûrement pas joué en ma faveur.

It is what it is, c'est hélas fichu pour « Milena en Amérique ». Mais vu que nous avons déjà bloqué les dates, posé nos jours de congé et cassé nos tirelires, rabattons-nous sur un plan B. Paris, comme plan B, qu'est-ce que tu en dis ?

J'ai entendu, dans un film je crois, que lorsque Dieu ferme une porte quelque part, Il s'assure d'ouvrir une fenêtre ailleurs, et figure-toi que la fenêtre qui s'est ouverte à nous est bien plus qu'un lot de consolation.

J'étais effondrée après qu'on m'eut refusé le visa, je ne savais pas comment te l'annoncer, et j'en pleurnichais auprès de Svetlana qui s'est mise soudain à passer des coups de fil à tout va, pour m'annoncer dix minutes plus tard qu'elle nous avait dégotté un logement gratuit à Paris ! Non seulement Svetlana n'aime rien autant que prouver qu'elle est capable de résoudre n'importe quel problème qui se présente à elle, mais en plus elle se sent très investie dans notre histoire, dans laquelle elle a décidé de jouer le rôle de la bonne fée.

Je ne vais même pas tenter de t'expliquer à qui appartient cet appartement parisien, c'est encore un de ces « oncles de la tante du cousin du voisin » dont nous avons l'habitude ici. Ce qui compte est que cette brave famille d'ouvriers yougos émigrés a prévu de passer les fêtes au pays exactement aux mêmes dates que celles que nous avons calées. Leur appartement parisien sera donc libre et Svetlana les a convaincus de nous le prêter. Je ne sais pas ce qu'elle leur a vendu comme histoire (quelque chose de follement romantique, un amour passionné, un futur mariage américain, un destin contrarié ou que sais-je), le fait est qu'à partir du 24 décembre, les clefs nous attendront chez la concierge. Il faudra prévoir de leur acheter un cadeau et leur laisser quelques billets pour les factures afin de ne pas faire mentir Svetlana, qui en a fait des caisses à propos de notre grand savoir-vivre ; ça reste tout de même un plan B merveilleux. Bon, nous ne serons pas logés au cœur des beaux quartiers (c'est aux portes de Paris, à côté du marché aux puces et donc pas très loin de Montmartre, d'après ce que j'ai compris), mais le plus important est que nous puissions passer ces deux semaines ensemble sans avoir à nous endetter jusqu'à la fin de nos jours.

Alors, nous retrouverons-nous dans quelques semaines à Paris ? Ne sois pas grognon et dis oui ! Nous nous prendrons pour Rick et Ilsa et nous nous répéterons « *We'll always have Paris* » en nous embrassant langoureusement sur le tarmac.

Appelle-moi si tu peux ou envoie-moi un télégramme pour me dire que tu es d'accord, je ne tiendrai pas trois semaines à attendre ta réponse.

Love,

M.

Belgrade, March 17th 1974.

Dear Sam,

Le printemps sera officiellement là dans quelques jours, or Belgrade est toujours sous la neige. Ou plutôt, sous une gadoue marronnasse de neige à demi fondue dans laquelle on patauge. Lorsqu'il gèle la nuit, on est bon pour aller au travail en patins à glace le lendemain. Je ne peux même pas parader dans les magnifiques bottes parisiennes que tu m'as offertes pour me consoler, avec le sel et la neige boueuse, elles seraient foutues en un rien de temps. Au moins, les jours commencent à rallonger, ça aide un peu à garder le moral.

Ma tante a glissé en sortant de chez elle, rien de très grave, elle est tombée et s'est cassée le bras. Plus fêlé que cassé, d'ailleurs. Mais comme ma tante est une éternelle princesse au petit pois, elle nous fait tout un cinéma de grande éclopée qui ne peut plus rien accomplir toute seule. On se relaye donc avec ma mère pour aller lui faire les courses ou le ménage, et le plus important, lui laver les cheveux et lui mettre ses bigoudis, car elle tient à être une éclopée toujours bien coiffée. La mentalité de mon peuple me tue.

Je cavale entre le boulot, ma tante insupportable et mon père de plus en plus fou depuis qu'il est isolé dans sa savane ; j'ai l'impression de passer ma vie dans des bus bondés et d'être garde-malade ou femme de ménage plutôt que l'écrivaine « à succès » que je suis censée être.

Je mets ma gloire du moment entre guillemets parce que je suis d'une grande modestie (n'est-ce pas ?), mais mon recueil de poésie a paru (youpi ! Mon premier livre publié ! Je n'en reviens toujours pas !) et je suis soulagée, car il a plutôt été bien reçu. Il y a eu une soirée de lancement dans une grande salle du centre-ville habituellement réservée à des noms connus, mais il n'y a rien ici qui soit impossible lorsque l'on connaît quelqu'un qui connaît quelqu'un qui connaît quelqu'un, et mes formidables amis ont fait des miracles. Tu aurais dû voir ma mère et mes tantes, mises en plis fraîches, collants neufs et fourrures sur les épaules, alignées au premier rang, fières comme le pape, l'air de penser qu'elles ont collectivement contribué à mon succès alors qu'en temps normal elles sont plutôt dubitatives quant à mes choix professionnels. J'ai commencé par lire quelques extraits, n'osant pas lever les yeux de peur de croiser ceux de la brochette de matrones en fourrure, même si j'ai choisi les moins osés en prévision de leur présence. Un camarade-académicien-de-référence a longuement disserté sur ce qu'était la « vraie poésie » – apparemment, grand seigneur, il a décidé que mes vers tombaient dans cette catégorie – et il a conclu son discours soporifique en me comparant à Anaïs Nin ! Rien que ça. Si ce n'est pas la gloire, mon ami, alors je ne sais pas ce que c'est.

Je crois qu'en vérité, le camarade-académicien-de-référence a été davantage impressionné par mon décolleté (je portais la robe verte, ta préférée) que par mon art de la formule, mais tant qu'il dit du bien de mon recueil, j'ai choisi pour une fois d'accepter les compliments, sans rien trouver à y redire. Quelques jours plus tard, on a même mentionné mon livre à la télé, et ça, ça m'a valu de remonter considérablement dans l'estime de mon entourage familial, qui avait entre-temps lu le livre (ma grand-mère a failli faire une syncope) et m'avait définitivement cataloguée dans la rubrique « vieille fille aux mœurs légères en passe de complètement rater sa vie ». Il a suffi qu'on parle de moi trente secondes à la fin du journal et soudain me voici promise à un brillant avenir. Je le disais plus haut, ces gens me tuent.

(Comme tu l'as constaté si tu es en train de lire cette lettre, je t'ai envoyé le recueil. Tu verras, j'ai annoté quelques pages, essayant de transposer de petits bouts, mais je ne me sens toujours pas capable de traduire de la poésie. Je tenais néanmoins que tu aies un exemplaire du premier des dizaines de tirages à venir, puisque *L'Amant américain* t'est dédié.)

Tu me manques atrocement, cher amant américain. Nos deux semaines parisiennes ont été une bénédiction autant qu'une damnation. C'était merveilleux d'avoir tout ce temps rien qu'à nous, de parler comme nous l'avons fait, de dormir et de nous réveiller ensemble, de faire l'amour, de te sourire par-dessus la tasse de café ou le verre de vin, de marcher main dans la main des journées entières dans la plus belle ville du monde et de nous projeter dans ce que pourrait être notre vie commune. C'était au-delà du merveilleux, et c'est une malédiction en même temps parce qu'après l'avoir vécu, le manque que je ressens n'est que plus terrible. Je pense à toi tout le temps, lorsque je me fais bousculer dans le bus, lorsque je cuisine, lorsque je travaille, et même lorsque je pose des bigoudis sur la tête de ma tante. C'est presque douloureux physiquement de rentrer chez moi le soir sans pouvoir te retrouver pour te raconter ma journée. Avant ces retrouvailles, le souvenir des nuits parisiennes d'il y a un an et demi avait fini par pâlir. Nous n'étions que des amants de papier. Mais depuis, tout est remonté à la surface. L'éloignement me pèse beaucoup, c'est insupportable. Je n'aurais jamais cru qu'à mon grand âge, je ressemblerais à une écolière amourachée incapable de penser à autre chose qu'au garçon dont elle se languit. Je fantasme à un jour – je ne sais ni où ni comment – où nous vivrons ensemble quelque part.

Ah! j'allais oublier, à propos d'amant américain. Svetlana m'a racontée un truc fou. Il paraît que Simone de Beauvoir avait elle aussi un amant américain, la petite copieuse. Un écrivain de Chicago dont j'ai oublié le nom. Et qu'ils se sont écrits pendant des années. Tous les ans, elle allait passer quelques semaines à Chicago ou bien lui venait la voir à Paris. Une très grande histoire passionnelle apparemment. Tu en avais entendu parler, toi?

(Je ne sais pas comment Svetlana déniche toutes ces anecdotes. Elle est incroyable, on dirait qu'elle est au courant de tout. À tel point que je me demande parfois si elle n'est pas en vérité une espionne redoutable, comme celles des films de James Bond.)

Et moi qui pensais que nous étions si originaux, quelle déception ! Apparemment, Sartre et Beauvoir, c'est une relation libre. Ah, ces Français ! Ceci dit, mon Jean-Paul balkanique est aussi ouvert d'esprit que son illustre homonyme ; il se fiche royalement que je t'écrive et que je m'absente tant que je m'arrange pour que ma voisine moustachue le nourrisse.

La seule chose qui me contrarie dans cette histoire est que Simone n'avait vraisemblablement pas besoin de visa pour rendre visite à son amant, alors qu'elle en a fait, des manifestations, et qu'elle a bien plus fricoté avec le Parti communiste que moi. Mais peut-être que maintenant que je suis devenue une gloire des lettres dont on parle à la télé, on va me courir après pour m'inviter aux États-Unis ?

Des baisers par douzaines.
Love,

M.

P.S. : Je m'étouffe de rire en m'imaginant l'agent de la CIA, du FBI ou de la NASA au bord de la crise cardiaque en découvrant le livre en cyrillique, puis s'escrimant à déchiffrer le code secret caché dans mes vers érotiques.

Belgrade, June 6th 1974.

My love,

Ta novella sur ta mère est une des plus belles choses que j'ai lues de ma vie ! J'ai pleuré de la première à la dernière page. Non seulement tu écris tellement bien que je n'arrive pas à comprendre qu'aucune maison d'édition ne t'ait encore proposé un contrat mirobolant, mais en plus c'est d'une telle tendresse, d'une telle délicatesse, d'une telle sincérité que j'en suis restée éblouie. Et ce n'est pas subjectif, je ne crois pas que je l'ai reçue ainsi seulement parce que je suis amoureuse de toi, je suis convaincue que c'est un très grand texte et que les agences que tu as contactées vont se battre pour te représenter.

Le parallèle que tu tires entre la dépression de la mère de famille derrière la parfaite façade du rêve américain et la souffrance des vétérans du Viêt Nam que l'on a mis au rebut après les avoir envoyés dans l'enfer des rizières et du napalm est extrêmement fort et donne à ton texte une profondeur historique.

Sans parler d'à quel point je suis admirative de ta capacité à livrer un récit aussi intime. Même dans mille ans, je ne crois pas que je serai en mesure de parler aussi ouvertement de la maladie de mon père. Tu te souviens de cette discussion où tu disais que l'écriture était l'endroit de la vérité absolue, qu'il n'y avait qu'en écrivant que l'on se mettait vraiment à nu, alors que je maintenais l'exact contraire, l'idée que l'écriture n'était que mensonge, arrangement et travestissement ? Je réfléchis beaucoup à tout cela dernièrement, pour essayer de comprendre ma difficulté à écrire... (Dit la fille qui passe ses journées et gagne sa vie en écrivant ; quelle ironie !)

J'ai commencé une douzaine de nouvelles et tentatives de roman ces dernières années, ne réussissant à en mener aucune à son terme. C'est comme si à chaque fois que je trouvais quelque chose qui me semblait être un bon sujet, je me confrontais à ma propre incapacité à le rendre intéressant pour un lecteur lambda, à le rendre vivant surtout. Je ne crois pas qu'il s'agisse d'une trop grande exigence envers moi-même, quelque chose est coincé. Alors qu'en écrivant sur commande, quoi qu'il arrive, je m'en sors.

Je suis familière des ressorts de l'écriture. Il me suffit d'un rien, une image, une musique, une phrase ou deux. La pelote, je la démêle et je la déroule ensuite pour tricoter avec les outils à ma disposition, le savoir-faire, tout ce qu'on nous a appris à l'Académie et que j'ai développé, perfectionné au fil du temps. Méthode et travail, comme certains professeurs n'ont cessé de nous le répéter quatre ans durant. Je commence à connaître mon métier, comme un vieux cordonnier connaît le sien, je sais quelle forme pour quelle histoire comme il sait quel cuir pour quel soulier. Ce qui tiendra dans la bourrasque et ce qui prendra l'eau. S'il y a une chose dont je ne doute jamais, c'est de ma capacité à mener à bien un texte de commande. Il peut me tenir éveillée des nuits entières, me donner la migraine, mais je finis toujours par lui régler son compte. Ce n'est pas toujours brillant, c'est même assez rarement extraordinaire, la grâce ne s'invite certainement pas à tous les coups, mais quoi qu'il arrive, je réussis à faire tenir le texte debout. Ce n'est pas de l'arrogance, juste la confiance en ma capacité de remettre l'ouvrage sur le métier, encore et encore, jusqu'à ce que ça se tienne. S'il n'en était pas ainsi, je ne ferais pas partie de celles et ceux, rares dans ma promotion, qui depuis que nous sommes diplômés n'ont jamais cessé de travailler. Je ne passerais pas aussi aisément du théâtre à la télévision, de la radio à la réécriture de recueils ineptes de camarades poètes, des magazines féminins à la traduction. Pourquoi alors, lorsqu'il s'agit de « mes » textes, de projets d'écriture personnels, ça ne fonctionne pas ?

Svetlana m'a fait remarquer que pour *L'Amant américain*, ça a marché. Je suis parvenue à en faire quelque chose, ça a été publié et très bien reçu par la critique (pour le succès populaire, il faudra revenir ; la poésie, même en prose, n'est pas le genre le plus vendeur). Elle semble pencher de ton côté dans le débat et croire que c'est parce que je me suis ancrée dans notre histoire, que j'y ai puisé les émotions et les images, que le sujet ne m'étais pas extérieur, que j'ai réussi à en faire un recueil plutôt potable. Est-ce que ça veut dire qu'il faudrait que je fouille dans le matériau intime, dans ce qui est douloureux, occulté, pour y arriver? La lecture de ta nouvelle m'a bouleversée pour cette raison également, me faisant douter de tout ce dont j'étais convaincue jusqu'à présent. Peut-être que la « pure fiction » n'existe pas? Je me surprends à me dire que si le cadre peut être fictionnel, ainsi que les intrigues et les péripéties, le cœur de la chose, ce qui anime les personnages, ce qui les rend vivants, ce qui les fait se détacher de la page et prendre corps, doit venir de l'auteur; de ses tripes, comme tu dis.

Bref, tu comprendras que je me pose beaucoup de questions sur tout ça, et que par conséquent, non, je n'écris rien « pour moi ».

(Si tu me le permets, j'aimerais beaucoup traduire *The White Picket Fence* en serbo-croate et la proposer à des maisons d'édition ici.)

Assez philosophé, passons aux choses concrètes.

Je crois que je vais avoir un logement d'État dans quelques mois. Par superstition, je ne veux pas trop en dire tant que ce n'est pas officiel, cependant il semblerait que ce soit en bonne voie. Si ça advient, tu seras obligé de venir à Belgrade. Sache qu'ici, c'est considéré comme très grossier de ne pas se rendre à une pendaison de crémaillère.

En attendant, je trépigne d'impatience d'être en août pour te retrouver. Malheureusement, cet affreux appartement où nous avons été si heureux l'hiver dernier n'est pas disponible. J'étais persuadée qu'il le serait, mais apparemment, les amis de Svetlana prennent leurs vacances en juillet, et comme nous nous sommes organisés pour août, c'est fichu. Mais ne t'inquiète pas, je vais nous trouver un nid douillet, je me sens capable de déplacer des montagnes dernièrement. La magie de l'amour !

L'argent ne sera pas non plus un problème, car j'ai fait quelque chose de très mal qui m'a rendue très riche.

Je t'avais raconté que ma grand-mère m'avait préparé toute une dot avec de la porcelaine, du cristal, du linge brodé, des tapis… Ses armoires étaient une vraie caverne d'Ali Baba. Il y a quelque temps, elle m'a convoquée chez elle de manière très protocolaire, elle avait à me parler mais ne voulait pas dire de quoi il s'agissait. J'ai eu très peur qu'elle soit malade, je l'imaginais déjà mourante. En fait, elle voulait m'asseoir en face d'elle et me faire tout un discours sur comment, depuis que je suis toute petite, elle s'est démenée pour me constituer mon trousseau, comment petit à petit, elle a fait broder des draps, comment elle a racheté des tapis anciens après la Libération lorsque ceux qui ne les avaient pas déjà vendus pendant la guerre les bradaient, comment elle a rêvé à mon mariage un jour, etc. Et puis elle a attendu, attendu, attendu en vain que je me trouve un mari. (À l'entendre, on croirait qu'elle attend depuis un siècle. Ma grand-mère est très dramatique, c'est d'elle que tient ma tante insupportable.)

Elle a attendu pour rien, la pauvre femme, puisque à mon âge, c'est quasiment foutu, les chances que je me marie après 30 ans sont extrêmement minces. Elle a beaucoup réfléchi et elle est arrivée à la conclusion que c'était pour le mieux. Parce que vu la maladie de mon père, vu que j'ai aussi « des problèmes psychologiques » (elle en est persuadée depuis qu'elle a lu mon recueil ; une raison de plus pour me décourager d'écrire en puisant dans ma propre vie) et que « ces choses passent de génération en génération », il est préférable que je n'aie jamais d'enfants.

Si, si, elle me l'a dit comme ça, ma chère petite grand-mère. J'en suis restée abasourdie. Ce doit être la première fois de ma vie que j'étais sans voix. Et donc, puisqu'il en était ainsi, elle tenait à ce que je prenne mon trousseau, que je l'embarque tout de suite, le jour même, parce que ça lui faisait trop mal de voir tout ça dans ses armoires en sachant que je resterais à jamais seule et stérile ; elle s'était donnée tout ce mal pour rien. J'étais sonnée, je n'ai pas su quoi répondre. J'ai seulement appelé Svetlana, nous avons chargé la voiture à ras bord, ma grand-mère pleurait en se tenant le cœur comme si c'était acté, que j'étais condamnée à finir folle comme mon père, alors au moins, grâce à elle, je serais une folle avec du beau linge et un service cobalt.

« Mais où est-ce que je vais mettre tout ça ? » je me demandais en déchargeant, et c'est Svetlana qui m'a dit « Tu ne vas pas le garder, voyons. C'est déjà trop petit et trop encombré chez toi. Vends-moi tout ce bordel et va boire du champagne à Paris avec Sam ! »

Et voilà, j'ai vendu quasiment toute ma dot. Je n'ai gardé que le service, quelques napperons et deux très beaux tapis pour mon futur appartement.

Nous boirons du champagne à la santé de ma grand-mère, *God bless her soul*, comme vous le dites chez vous !

Pluie de baisers et vivement le mois d'août.

M.

P.S. : Je voulais glisser sur « la grande nouvelle » et m'abstenir de faire quelque commentaire que ce soit, mais tu me connais, j'ai du mal à tenir ma langue, d'autant plus que tu me demandes mon avis. Peter qui s'est marié au Laos sur un coup de tête ne me surprend nullement. Ce qui me surprendrait, c'est qu'il soit toujours marié dans six mois. Mais transmets-lui mes vœux de bonheur tout de même.

Belgrade, October 15th 1974.

Dear Sam,

Depuis un mois et demi, j'ouvre ma boîte à lettres avec un mélange d'impatience et de crainte. En courant te retrouver l'été dernier à Paris, je ne me serais jamais doutée qu'avant la fin de l'année, notre correspondance et nos conversations téléphoniques prendraient cette tournure et deviendraient source d'angoisse à ce point.

Tu n'aurais jamais dû me faire cette surprise pour notre dernière soirée parisienne. En gardant le secret deux semaines durant, tu n'as fait qu'y penser tout le temps, tu étais tendu en anticipant ton grand geste du dernier soir, alors que de mon côté, je croyais que tu étais en train de te lasser de moi et de notre histoire. Forcément, ça me faisait me refermer sur moi-même en retour, afin de protéger mon cœur. J'étais convaincue que ton silence inhabituel (tu changeais de sujet à chaque fois que je voulais parler d'avenir !) était annonciateur d'une rupture et je m'y préparais intérieurement.

Je t'en veux de ton romantisme de films hollywoodiens, de toutes ces cachotteries qui n'ont fait que créer de la discorde et du malaise, pour finalement nous gâcher le séjour. Alors que si tu m'en avais parlé dès le premier jour, si tu m'avais dit ce qui te trottait dans la tête depuis des mois, nous en aurions discuté, débattu, nous aurions trouvé une solution. Nous aurions eu deux semaines pour réfléchir ensemble à tout cela. Mais voilà, il a fallu que tu achètes la bague, que tu planifies fleurs et violons à Montmartre, que tu te mettes à genoux et que tu me mettes devant le fait accompli, ne me laissant que « oui » ou « non » comme réponses envisageables. Or, tu sais bien que dans la vie, sur les questions importantes du moins, il n'est que très rarement possible de répondre par oui ou par non.

Et lorsque je n'ai pu ni accepter ni refuser ta demande en mariage, tu m'as accusée d'être tordue, compliquée, « de me complaire dans des drames inutiles ». Pensais-tu réellement qu'après ça, je serais ouverte à la discussion ? Tu me répètes que j'aurais pu accepter, que de nous fiancer à ce moment-là aurait été un geste symbolique, un palier, dis-tu, dans notre relation, qui nous aurait donné du temps pour organiser les modalités de notre future vie commune. Pardon, mais j'ai du mal à suivre, je ne comprends pas quelle trajectoire sinueuse emprunte ton esprit pour faire le chemin depuis les violons montmartrois jusqu'aux « modalités de notre future vie commune ». D'un côté, le summum du cliché, et de l'autre, un contrat dont on doit âprement négocier les différents points.

Tu ne cesses de me reprocher ma réponse. « Je vais y réfléchir » est selon toi une réponse inappropriée à une demande en mariage. Sauf que, mon ami, si tu ne m'avais pas prise de court, j'aurais peut-être eu le temps d'y cogiter en amont justement, et j'aurais trouvé une réponse plus joliment emballée à t'offrir. Te dire oui pour te faire plaisir et pour faire plaisir aux musiciens et aux clients du restaurant, tout en n'étant pas certaine que j'étais prête à t'épouser sur-le-champ, te dire oui pour la forme, désolée mais tu me connais assez pour savoir que je ne suis pas capable d'agir ainsi.

De la même manière, tu devrais te douter que je ne suis pas capable de te donner une date butoir, de te promettre que d'ici le jour X, j'aurai formulé une réponse ferme et définitive. Si c'est cela que tu souhaites, si nous ne sommes pas en mesure d'oublier cette soirée parisienne, de la mettre de côté pour donner du temps au temps, de continuer à échanger sur nos vies sans que nos fiançailles hypothétiques reviennent sur le tapis à chaque lettre, dans chaque conversation téléphonique, je crains que notre avenir commun ne soit très compromis.

Ce que tu ne sembles pas entendre – ou comprendre – dans ce que je m'efforce de t'expliquer, est que tout cela n'a rien à voir avec l'amour que j'ai pour toi, ni avec mon désir d'une vie commune. Je me fiche que nous soyons fiancés, ou mariés, ou ce que tu veux. Si en 1974 nous avons encore besoin d'accomplir ces formalités pour faire face au qu'en-dira-t-on de notre entourage ou pour nous rassurer mutuellement sur notre lien, alors toutes les évolutions de la société n'ont servi à rien ! À quoi ça sert de vivre à une époque où deux petits journalistes ont le pouvoir de faire démissionner un président criminel, où les uns après les autres de grands pays légalisent enfin l'avortement, où nous avons accès à tant d'informations, si nous nous attachons à d'absurdes rituels hérités des siècles passés ?

Et je veux bien admettre que ces rituels absurdes pour moi puissent receler pour toi importance et valeur, mais s'il te plaît, rends-moi la pareille, et accepte que mon point de vue soit différent. Ne me réponds pas que « toutes les femmes normales souhaitent être demandées en mariage » car ça, c'est insultant !

Bien évidemment que je rêve que nous vivions ensemble. Bien évidemment que je t'aime. Bien évidemment que je ne souhaite pas que notre relation se limite à notre correspondance, de rares coups de fil et d'encore plus rares retrouvailles dans des appartements prêtés. Bien évidemment, quelles questions ! S'il ne s'agissait que de cela, je te dirais oui sur-le-champ.

Cependant, il ne s'agit pas que de cela.

Il y a mon père. Tu sais tout sur sa maladie. Tu sais à quel point je suis attachée à lui. Tu sais que je suis la seule personne avec laquelle il maintient une relation sociale, familiale, et que si je m'en allais à l'autre bout du monde, si je partais vivre ailleurs pour ne revenir le voir qu'une fois par an, lui comme moi en souffririons terriblement.

Parce que c'est cela que tu me demandes, de venir te rejoindre aux États-Unis. De laisser derrière moi non seulement mon père, mais toute ma vie. Une vie que je me suis beaucoup battue pour construire, à laquelle j'ai travaillé dur. Je ne sais pas ce que tu t'imagines en me lisant et en m'écoutant, si tu penses que j'enjolive, que je te mens, s'il t'est inconcevable que l'on puisse avoir la vie la plus parfaite possible ailleurs qu'en Amérique.

Laisse-moi donc te le redire : j'ai une vie formidable à Belgrade, ici et maintenant, une vie que je ne pourrais pas avoir ailleurs. On me paye pour écrire ! Certes, je n'écris pas que ce dont j'ai envie et mon salaire ne me permettra jamais de devenir millionnaire, mais je suis assez fière de la grande majorité des textes que je signe et mon salaire est suffisant pour que je puisse vivre comme je le souhaite, escapades à Paris pour retrouver mon amant incluses. Et puis, je vais emménager dans un appartement quasiment gratuit, que l'État me donne. Il ne se trouve peut-être pas dans mon quartier préféré et il ne m'appartient pas vraiment (je ne peux pas le revendre et je risque d'en perdre l'usage si je décide d'émigrer), n'empêche qu'il est vraiment chouette (avec vue sur le Danube et arrêt de bus à deux pas). Il ne me coûtera presque rien et je pourrai en jouir jusqu'à ma mort.

Ta demande en mariage implique que je devrais tout quitter – boulots que j'aime, famille, amis, mon foyer – pour me retrouver dépendante financièrement de toi au fin fond du Maryland, ou obligée de faire du baby-sitting et des ménages pour gagner mon argent de poche. S'il était facile de gagner sa vie aux États-Unis en tant qu'auteur, tu ne serais pas toi-même prof remplaçant la plupart du temps. Et même si c'était possible, qui sait combien d'années il me faudrait pour être suffisamment à l'aise dans une langue qui n'est pas la mienne pour pouvoir écrire ? (Oui, je sais, Nabokov a décidé d'écrire en anglais et il a eu un succès international par la suite, mais je ne suis pas Nabokov.)

Lorsque je t'ai proposé que tu viennes ici, que je t'ai dit que tu pourrais avoir un poste d'enseignant d'anglais au centre culturel, que mon nouvel appartement était assez grand pour que nous puissions y vivre confortablement à deux, que si j'ai appris l'anglais, il n'y avait aucune raison pour que tu ne puisses pas apprendre le serbo-croate, tu as ri comme si j'avais fait la blague du siècle. Mais Sam, ce n'est pas une blague. Je ne vois vraiment pas pourquoi ma proposition ne serait pas envisageable. Car après tout, à ce stade de nos vies, ma situation à Belgrade est bien plus aisée que ne l'est la tienne dans ta bourgade paumée du Maryland. Si tu étais prêt à ça, je serais prête à accepter ta bague.

Cela dit, je ne te pose aucun ultimatum. Je ne souhaite que ranger ce dossier et qu'on n'en parle plus. Je ne vois aucune raison pour que nous cessions de nous écrire, de nous appeler, de nous voir quand l'occasion se présente, de faire tout comme nous avons fait jusque-là. Je suis même optimiste pour ce qui est de l'avenir. Tes textes commencent à être publiés, et de mon côté je suis en bonne voie pour obtenir une petite renommée. Si les choses continuent à ce train-là, je suis certaine que dans quelque temps nous pourrons faire en sorte de passer au moins trois, quatre mois par an ensemble, aux États-Unis et en Yougoslavie. Et qui sait, peut-être que nous serons même assez riches pour vivre à cheval entre les deux pays et pour voyager autant que nous le voudrons ?

Cessons de ressasser tout ça, veux-tu ? Retrouvons nos chamailleries joueuses et nos mots doux.

Love,

M.

Belgrade, December 11th 1974.

Dear Sam,

Ta dernière lettre m'a fait tellement de bien ! Je sais que ça te coûte de passer par-dessus ce que nous avons vécu en août et je peux imaginer combien mon refus t'a heurté. Je ne me lasserai jamais de te répéter à quel point je tiens à toi, et je veux croire que nous surmonterons cette incompréhension et retrouverons petit à petit l'intimité qui a toujours été la nôtre. Avec la nouvelle hospitalisation de mon père, je ne sais pas comment j'aurais fait pour ne pas m'écrouler si tu ne m'avais pas rassurée.

Mon père ne va pas si mal, compte tenu des circonstances, ou peut-être est-ce moi qui parviens à avoir du recul vu que c'est la quatrième fois que je me confronte à la même situation. Les changements de saison sont toujours problématiques pour les malades psychiques ; cette fois-ci au moins, j'ai pu réagir rapidement et ne pas attendre que son état se soit beaucoup dégradé avant de le faire interner. J'ai eu raison d'insister car je pense qu'avec la période de fêtes et le tohu-bohu qui l'accompagne, ça n'aurait fait qu'empirer. Le traitement semble faire effet plus rapidement que les fois précédentes, j'espère qu'on le laissera ressortir après quelques semaines. Je vais le voir tous les jours même s'il est encore fâché contre moi et refuse de me parler. Je ne veux pas l'agiter inutilement, alors je ne traîne pas quand je vois qu'il est remonté.

Il y a quelques jours, j'ai fait la connaissance d'une autre patiente avec laquelle je me suis liée d'amitié en quelque sorte. Une petite dame d'une soixantaine d'années probablement, absolument magnifique. Elle sortait de sa chambre, elle m'a vue dans le couloir et m'a demandé une cigarette. Nous avons un peu bavardé, je l'ai trouvée tellement touchante que je suis revenue lui dire bonjour le lendemain. Les infirmières m'ont dit qu'elle s'appelait Mme Lily. « Avec un Y », elles ont insisté, en me faisant un clin d'œil (le Y n'existe pas dans l'alphabet serbo-croate).

Mme Lily est toute menue, avec de longs cheveux bouclés blond vénitien et gris, retenus par un serre-tête, ce qui lui donne un air de vieille petite fille. Elle porte des robes colorées, passées de mode (alors que les patients sont en pyjama et robe de chambre pour la plupart) et se comporte comme si nous étions dans un hôtel de luxe et non dans un hôpital psychiatrique. Elle dit « femmes de chambre » pour parler des infirmières et, étonnamment, ces dernières ne semblent pas s'en offusquer. Elle parle avec un accent que je n'arrivais pas à identifier de prime abord, j'ai pensé qu'elle était hongroise mais j'ai fini par comprendre qu'elle était allemande. En quelques visites, je crois qu'elle m'a adoptée. Elle m'appelle « Mademoiselle Milena ». Quand je lui ai dit mon prénom, elle s'est exclamée « Ah! vous êtes l'amoureuse épistolaire de l'écrivain! » et je suis restée bouche bée, avant de comprendre qu'elle parlait de Milena Jesenská, la journaliste tchèque à qui Kafka avait écrit des lettres d'amour.

Elle semble heureuse de me voir. Elle me parle de son enfance à Berlin, de l'appartement de ses parents, j'ai du mal à me retrouver dans toutes ses histoires, je ne sais pas si elles sont vraies ou si elle affabule (je ne sais pas quelle est sa pathologie).

Quoi qu'il en soit, sa manière de raconter est tellement vivante que je n'ai pas pu m'empêcher de commencer à prendre des notes. J'ai le pressentiment qu'il y a une histoire à reconstituer dans son babillage. Peut-être qu'il y a là ce que je cherchais depuis des années, quelque chose qui m'emporte, un projet d'écriture qui ne s'épuise pas au bout de quelques pages. Svetlana me dit que lorsqu'on arrive à dépasser dix pages tapuscrites et que ça se tient, c'est bon, on est lancé. Je ne sais pas où Svetlana va chercher ce genre de trucs, mais elle le dit d'un ton tellement convaincu que je ne peux que le prendre pour une loi infaillible. Ceci dit, je n'ai pas commencé à rédiger quoi que ce soit, pour l'instant je me contente d'aller voir Mme Lily, de l'écouter et de noter. Je me répète que probablement ça ne va rien donner pour ne pas être déçue après, même si j'ai en même temps cette étrange sensation qu'il y a là quelque chose d'important pour moi. Je suis peut-être en train de perdre la boule moi-même, à force de fréquenter les couloirs de la psychiatrie...

J'ai fait et refait mes comptes et, malheureusement, je ne crois pas que je puisse envisager un voyage dans les mois à venir, à Paris ou ailleurs. Il est prévu que j'emménage dans mon nouvel appartement début mars et il va falloir que j'achète quelques meubles, un réfrigérateur, une gazinière, toutes ces choses si prosaïques mais indispensables au quotidien. Je pourrais bien évidemment récupérer des vieilleries chez la famille, mais comme il s'agit de mon premier vrai appartement, j'ai envie de commencer d'un bon pied, de l'aménager à mon goût.

J'aimerais vraiment que tu me rendes visite à Belgrade. Le billet te reviendra un peu plus cher, mais tu seras logé et nourri à mes frais. Tu peux rester aussi longtemps que tu le souhaites, tu peux même rester pour toujours ! Je suis sûre que tu finiras par tomber amoureux de Belgrade. C'est une ville plutôt moche à première vue mais qui a en vérité un charme fou. L'ambiance y est très particulière, joyeuse, pétillante, et il y a une vie culturelle extraordinaire. Et puis, j'aimerais que tu rencontres ma tribu, tous mes amis. C'est important pour nous, pour notre avenir, que nous puissions nous ancrer dans « la vraie vie », se voir dans nos quotidiens, expérimenter autre chose que des parenthèses enchantées.

Je me disais que tu viendrais à Belgrade bientôt, et qu'ensuite nous pourrions nous organiser pour que je vienne te voir chez toi. Figure-toi que j'ai peut-être trouvé une façon de contourner notre problème. J'ai bavardé avec un type de l'ambassade américaine à une fête de première, je me suis lamentée sur mon visa refusé ; il semblait vraiment désolé. J'ai fini par lui raconter ma vie et par m'épancher sans pudeur sur mes amours contrariées, espérant que je l'aurais par les sentiments et qu'un piston résoudrait l'épineuse question du visa. Il ne semblait pas très optimiste sur ce point, mais il m'a suggéré de me rendre au Canada et que tu viennes me chercher en voiture. Apparemment, il y a de nombreuses villes où les contrôles frontaliers sont moins tatillons. Il semblait penser que si c'était seulement pour passer quelques semaines dans le Maryland, les probabilités que nous ayons des ennuis étaient minimes. Ne nous étendons pas trop dessus par écrit (me voilà aussi paranoïaque que toi !) mais renseignons-nous ; ce pourrait être une bonne idée, qu'en penses-tu ?

J'attends impatiemment ton retour.
Love,

M.

Belgrade, January 26th 1975.

Dear Sam,

J'espère que tu vas bien.

Le fait que tes courriers se soient considérablement espacés et raccourcis ne me semblait pas bon signe depuis un moment. J'ai mis cela sur le compte de ce qui a eu lieu en août, je voulais te laisser le temps de digérer, mais j'étais convaincue que nous finirions par retrouver la légèreté et la complicité d'avant. J'avais tort, apparemment.

Dans ta dernière lettre, tu dis souhaiter que nous fassions une pause, ce qui me plonge dans des abîmes de perplexité. Je ne suis pas sûre de comprendre ce que ça signifie, de faire une pause, dans notre cas. Si notre histoire était différente, géographiquement parlant du moins, j'imagine que ça voudrait dire ne pas nous voir pendant quelque temps. J'avoue que ça me dépasse, ce doit être encore un code culturel que je ne saisis pas.

Chez nous, les pauses n'existent pas en amour. Soit on aime, soit on n'aime plus. Dans le premier cas on avance (quelles qu'en soient les « modalités », comme tu le dirais si poétiquement) ; dans le second on arrête tout. Je viens d'un peuple qui ne connaît que les extrêmes, où tout est noir ou blanc, où vos fameuses cinquante nuances de gris n'existent pas, sauf pour ce qui est des costumes en polyester des dirigeants et des façades des immeubles.

Ta pause, à vrai dire, m'apparaît comme un euphémisme pour dire rupture. C'est ainsi que je l'entends, et je pense que nous nous devons l'honnêteté de ne pas tourner autour du pot mais de nommer les choses. Non seulement parce que nous sommes écrivains et que les mots sont importants, mais par respect pour ce que nous avons vécu, partagé, échangé depuis plus de deux ans, la sincérité dont nous avons toujours fait preuve l'un avec l'autre.

Je fais des pauses lorsque je travaille trop longtemps, ou lorsque je me lance dans le grand ménage de printemps. Jamais je ne mets mon amour ni mon amitié sur pause. Avec celles et ceux que j'aime, je peux me disputer, je peux être en colère, je peux bouder, mais non, je ne peux pas mettre en sommeil mes émotions.

Je me réjouissais de toutes les choses que j'avais à te raconter. Mon déménagement qui approche, ma pièce qui sera produite la saison prochaine, l'histoire extraordinaire de Mme Lily...

Mais puisque de toute évidence tu ne désires pas avoir de mes nouvelles ni me donner des tiennes, je ne peux que te dire : Bon vent, mon ami !

Take care.

M.

Belgrade, December 3rd 1975.

Je ne sais pas si ce que j'ai à te dire mérite une lettre. En la commençant, je ne sais pas si j'irai au bout, et encore moins si je vais la poster. Puisque je me débats depuis trois jours avec un étrange dégoût mâtiné de colère, j'espère que vider mon sac me soulagera.

Peter m'a dit que tu n'es pas au courant qu'il est passé par Belgrade pour me voir à deux reprises cette année. Vos manières de faire me sont toujours autant incompréhensibles, mais c'est votre relation et ça ne me regarde pas. Après tout, vu comment toute cette histoire s'est terminée, plus personne n'a de comptes à rendre à personne.

Bref, il est venu en Europe couvrir les obsèques de Franco fin novembre, et après Madrid, il en a profité pour passer une semaine chez moi. Je n'ai pas pu m'empêcher de lui demander de tes nouvelles. Ses réponses étant encore plus évasives que d'habitude, j'ai dû insister pour qu'il me crache le morceau.

Toutes mes félicitations pour tes fiançailles, mon ami!

J'imagine que c'est la même bague. Tu as bien fait, elle était ravissante, de très bon goût, ça aurait été dommage qu'elle ne serve pas. À ce que j'ai compris, le merveilleux événement est tombé en août, plus ou moins à la même date que la soirée montmartroise un an plus tôt. J'espère que tu as trouvé des musiciens aussi pittoresques que ceux qui ont été les témoins privilégiés de notre débâcle et qu'ils ont joué le même morceau. Car il n'y avait rien à changer à ta mise en scène, elle était absolument parfaite, c'est juste le casting de l'actrice principale qui était foireux. Alors, autant faire un *remake* et se rattraper. Rien ne se perd, rien ne se jette, tout se recycle, n'est-ce pas ?

Je suis sûre que Bess – ou est-ce Beth ? (désolée mais ton meilleur ami ne se souvient plus du prénom de ta fiancée) – est formidable. Qu'elle apportera à ton intérieur la touche féminine qui te manquait tant, qu'elle repassera parfaitement tes chemises et te mijotera de petits plats délicieux pendant que tu écriras ton grand roman américain.

(En passant, j'ai toujours trouvé cette expression stupide, absurde. Partout sur la planète, les écrivains disent juste qu'ils travaillent sur des romans, alors que vous, il faut que ce soit tout de suite un « grand » roman, et qu'il soit « américain », comme si les histoires d'ailleurs ne présentaient aucun intérêt.)

Je suppose que le reste va suivre aussi promptement, le mariage, le crédit, la maison avec la balançoire sous le porche, les appareils électroménagers, un petit garçon, une petite fille, un labrador. Le rêve américain, quoi.

N'oublie surtout pas de me communiquer votre nouvelle adresse, car Jean-Paul et moi-même tenons à vous faire parvenir un cadeau de mariage. En attendant, nous vous envoyons, à Bess-Beth et toi, tous nos vœux de bonheur éternel et parfait.

M.

P.S. : Ne te fâche pas contre Peter de me l'avoir dit. C'est moi qui ai insisté. Et lui au moins a pensé que je méritais le respect d'être mise au courant.

P.P.S. : Tu seras sans doute fier d'apprendre que tu occupes dorénavant la première place dans mon hit-parade des connards.

Belgrade, July 7th 1978.

Dear Sam,

Quelle surprise que ta lettre, après tout ce temps. Il me coûte de l'avouer, mais j'ai eu les genoux en coton en reconnaissant ton écriture sur l'enveloppe. Il me coûte d'admettre également que durant plus d'une année, à chaque fois que j'allais voir si j'avais du courrier, j'ai espéré trouver un signe de ta part. J'avais bien pris soin de noter ma nouvelle adresse au dos de mon dernier envoi, au cas où. Mais rien, pendant deux ans et demi.

Je ne t'en veux pas. Je n'aurais rien répondu non plus si j'avais été la destinataire d'une missive aussi acide. Ça me coûte encore une fois, mais je dois te demander pardon pour les méchancetés que j'y ai écrites. J'ai été affreuse et j'en suis désolée. J'ai eu beaucoup de temps pour y repenser, à tout cela, pour relire tes lettres et pour réaliser que j'y étais pour quelque chose, dans la manière dont tout est parti en vrille entre nous. Pour me rendre compte que c'est moi qui avais décidé de rompre lorsque tu avais demandé qu'on fasse une pause. Et que si tu m'avais écrit quelques mois plus tard pour me raconter que tu avais rencontré une femme que tu t'apprêtais à demander en mariage, ma réaction n'aurait sans doute pas été beaucoup plus mesurée. Même si je l'avais appris par toi et non après coup par Peter, j'aurais été blessée pareillement. Mais j'ai compris aussi que je n'avais pas le droit d'être blessée ni de t'en vouloir d'avoir cherché – et trouvé – chez cette femme ce que moi, je n'étais pas prête à t'offrir.

(Ce que je viens de faire là est un parfait exemple d'autocritique de réunion du Parti, j'espère que tu sauras l'apprécier. Comme tu peux le constater, mon sens de l'humour n'a pas vraiment changé.)

Je suis triste de lire que ton mariage n'est pas des plus heureux. Bon, puisque je travaille sur moi et qu'en cette année d'âge christique je tente de me comporter en adulte, je me dois de concéder que tout en étant triste pour toi, mon amour propre s'en trouve quelque peu requinqué. C'est moche, je sais, et pas mal pathétique aussi, que ton chagrin me rassure sur l'importance que j'ai pu avoir dans ta vie, que j'aie encore besoin de cela, presque trois ans après. Mais je ne peux réellement me réjouir à l'idée que tu sois malheureux ; d'autant plus que tu es père désormais. Je vous souhaite donc, à B. et toi (je ne suis toujours pas sûre du prénom de ton épouse et je n'ai pas envie de gâcher mes excuses en commettant un impair), de surmonter ce moment chaotique et de trouver votre territoire commun.

Je suis encore plus triste de lire que c'est la traversée du désert pour ce qui est de ton écriture. Apparemment il n'y a pas que les femmes qui ont besoin d'avoir « une chambre à soi ». Le fait que ton bureau ait été transformé en nurserie y joue sans doute un rôle, de même que la nécessité de gagner mieux ta vie. Je ne peux qu'espérer que l'écriture revienne, car tu es un des auteurs les plus talentueux que je connaisse ; je sais à quel point écrire t'est vital. Et puis, je t'ai prédit le Pulitzer il y a des années, et s'il y a une chose que je ne supporte pas, c'est bien d'avoir tort.

(Si ça peut te rassurer, ta lettre est très belle. Ce qui signifie que ta capacité à faire exister des mondes est toujours intacte, elle est seulement légèrement empêchée pour le moment.)

Je vais bien, merci. Je vais même très bien. Ça fait presque dix ans que je travaille et je crois que j'ai trouvé mon rythme de croisière. Ces dernières années, j'écris surtout des scénarios. La production cinématographique yougoslave actuelle est extrêmement riche et inspirante, et j'ai de plus en plus souvent l'occasion de plancher sur des sujets qui me tiennent vraiment à cœur. Une pièce de temps en temps, mais moins qu'avant.

Et oui, j'ai un projet personnel autour duquel je tourne depuis un moment. Pour l'instant, c'est à peine une novella, une esquisse, mais que j'aimerais développer. Une histoire d'amour entre deux femmes dans le Berlin des années 1920-1930. Ça parle d'écriture, de politique, de maladie mentale aussi. Surprenant, n'est-ce pas, que je m'intéresse à ces sujets ? C'est inspiré par cette rencontre dont je t'avais parlée je crois, et qui m'a bouleversée, avec Mme Lily, la vieille dame psychotique à laquelle très vite je me suis énormément attachée. Malheureusement, elle est morte quelques mois plus tard. J'ai l'impression que je n'avance pas sur ce texte comme je le souhaiterais parce que j'ai la sensation que le terminer serait en quelque sorte lui dire au revoir, la laisser vraiment partir. Que tant que cette histoire est en cours d'écriture, je la retiens, je poursuis nos conversations. Mais aussi parce que l'amour de jeunesse de Lily résonne fortement avec mes amours de ces dernières années et que peut-être ne suis-je toujours pas capable d'y voir clair. Son histoire est celle d'un amour fou, qui s'est épanoui au cœur de la pire période que notre monde ait connu. Ça m'interroge forcément sur les choix que, moi, j'ai faits lorsqu'il m'a fallu décider de la place que je souhaitais laisser à l'amour dans ma vie. Il y a également tout un tas de questions formelles que me pose ce texte et que je n'ai pas encore résolues. Je l'ai réécrit plusieurs fois en trois ans, changeant de point de vue, de ton, de forme ; cependant j'ai la sensation que quelque chose se dérobe à chaque fois. Svetlana me soutient que je fantasme trop le livre idéal que ce devrait être à mes yeux, que je refuse d'accepter qu'un texte soit forcément imparfait, forcément inachevé, qu'il ne puisse que trahir l'idéal de départ, et que c'est justement cette sensation de quelque chose qui lui a échappé qui pousse l'écrivain vers le texte suivant. Il est possible que Svetlana, comme souvent, ait raison. Il est également possible que je sois une piètre romancière, que tout bonnement ce ne soit pas mon fort. Ce qui ne serait nullement tragique, car je suis une autrice suffisamment épanouie par ailleurs.

Mon père va à peu près pareil. Des hauts et des bas. Des tunnels de plus en plus fréquents, des éclaircies plus rares. Il est toujours dans la maison de campagne qui a pris des airs de cabinet de curiosités assez sinistre, encombré de machines désossées, de ventilateurs et de chauffages, de câbles et de fils électriques, d'inventions aussi loufoques que dangereuses. Une garde-malade passe tous les deux jours s'assurer que tout va aussi bien que possible puisque je ne peux m'y rendre que le week-end, mais c'est la guerre entre mon père et elle. Régulièrement il l'agresse et elle démissionne, j'arrive à la persuader de revenir en augmentant son salaire, et ça repart pour un tour.

Ma mère semble avoir renoncé à l'idée de me trouver un mari ; elle s'échine actuellement à essayer de me convaincre de faire un enfant avec un amant de passage, car même si ce n'est pas ce qu'il y aurait de plus convenable, ce serait mieux que rien ; au moins j'aurais quelqu'un pour mes vieux jours, dit-elle. Ma tante insupportable l'est toujours autant. Ma grand-mère ne me parle plus depuis que je lui ai avoué avoir vendu mon trousseau pour aller m'envoyer en l'air à Paris, où j'ai réussi à faire foirer la seule demande en mariage qui se présenterait jamais à moi. La seconde offense est encore plus grave à ses yeux que la première. Depuis, les déjeuners de famille sont de grands moments de bonheur, comme tu peux l'imaginer.

Svetlana a épousé un urbaniste aussi agité du bocal qu'elle, et elle a eu des jumeaux. Des jumeaux diaboliques ! Je suis la marraine, il va sans dire. Il faut la voir avec le premier pendu à son sein, le second s'enduisant le visage du contenu de sa couche, et elle, cigarette dans une main, touillant le goulasch de l'autre, tout en continuant à discourir sur les « non-personnages dans le nouveau roman » et sur « l'importance des scènes de sexe dans les écrits politiques ». Svetlana demeure mon idole.

Santi peint toujours des toiles bouleversantes. Ses parents ont réussi à quitter le Chili et à trouver asile en Suisse. De son frère, porté disparu, toujours aucune nouvelle, hélas.

Je suis surprise que tu te sois souvenu de toutes ces personnes que tu n'as jamais rencontrées et que tu m'en aies demandé des nouvelles. Ça me touche beaucoup.

Quant à Jean-Paul, devenu grassouillet depuis que je l'ai fait castrer, il est toujours couché sur mon bureau et il te salue très chaleureusement.

Avec affection.

M.

P.S. : As-tu des nouvelles de Peter ? Les miennes datent de quelque temps, il était au Liban. Cette guerre civile est terrible, je n'arrive pas à croire qu'elle dure toujours. Ici aussi il y a des peuples, des minorités, des communautés religieuses qui cohabitent, mais il me serait difficile d'imaginer qu'une horreur semblable puisse advenir.

P.P.S. : J'ai lu quelque part que les Républicains investiront probablement Ronald Reagan pour les prochaines élections chez vous. Rassure-moi, les Américains ont beau être fous, ils ne le seront pas au point d'élire un acteur de westerns de série B, non ?

Belgrade, October 21st 1978.

Dear Sam,

Émotions étranges qui virevoltent et se bousculent, avec cette correspondance qui reprend.

C'est comme s'il s'agissait de poursuivre une histoire dans laquelle les personnages originels avaient été remplacés par d'autres, qui leur ressemblent dans les très grandes lignes mais qui ne sont pas exactement les mêmes.

Avant, grâce à ce que tu m'écrivais, aux photos que tu m'envoyais, je te voyais lorsque j'étais en train de lire tes lettres. J'avais l'impression de connaître chaque pièce de ta petite maison, de t'observer en train de m'écrire. Maintenant, tu n'habites plus le même endroit, et puis j'imagine que tu t'installes ailleurs pour m'écrire, dans un café ou dans ton bureau sur le campus. Tes lettres me parviennent bizarrement désincarnées ; les mots sont toujours là, mais sans la chair derrière.

Et en même temps, te lire puis m'asseoir pour te répondre m'apparaît comme parfaitement naturel, comme si ça ne s'était jamais arrêté.

Oui, j'aime beaucoup mon appartement! J'ai eu du mal à me faire au Nouveau Belgrade au début, après avoir passé trente années dans le centre-ville, mais j'ai de la place, c'est très lumineux, une vraie cuisine, une grande baignoire, un balcon, et mon vestibule actuel est plus spacieux que mon ancienne chambre à coucher. Heureusement que je n'ai pas vendu les tapis de ma grand-mère, ils sont parfaits ici. Le premier gros achat que j'ai fait après avoir emménagé est celui d'une bibliothèque sur mesure de trois mètres de long, que Peter m'a aidée à monter puisqu'il était présent lorsqu'elle a été livrée.

(Toujours pas de nouvelles? Je rêve de lui souvent ces derniers temps, des cauchemars en réalité, et je me débats avec de mauvais pressentiments. Je suis certaine que tout va bien, mais je ne serai rassurée qu'après qu'il aura donné signe de vie, à l'un de nous au moins.)

Bref, entre l'appartement, le travail et la voiture, il semblerait que j'aie fini par devenir une adulte. Qui l'eût cru?

Puisque tu insistes, je t'envoie le brouillon de la novella berlinoise. Je l'ai traduite très vite, c'est probablement illisible. Oui, bien sûr, tu peux réécrire la traduction, si tu trouves que ça vaut le coup de s'y pencher et si tu en as le temps. Attends déjà de l'avoir lue avant de t'emballer et de parler de la soumettre à des agents que tu connais. Ça me touche que tu tiennes tellement à la lire et que tu sembles si convaincu d'avance que c'est formidable, mais si ça se trouve, il n'y a rien à en tirer.

Quant à nous revoir, je ne sais pas quoi te répondre. Ce séminaire à Trieste auquel tu dois te rendre en décembre serait une bonne occasion, mais je dois t'avouer que l'idée de te retrouver me fait un peu peur en même temps.

C'est comme si nous étions redevenus des étrangers en quelque sorte. J'ai peur qu'il nous soit difficile de retrouver le naturel de nos conversations d'avant. Et je crois que j'ai encore plus peur qu'au contraire, tout soit exactement comme ce fut, ce qui risquerait de mettre nos vies sens dessus dessous. Si nous nous revoyons juste pour nous rendre compte que nos sentiments sont les mêmes qu'il y a trois ans, imagine la panade dans laquelle nous serions ! Tu es marié avec un bébé, et mon ancrage à Belgrade est encore plus profond que lorsque nous avons cherché comment être ensemble. Tu m'as reproché à l'époque de ne pas t'avoir « prévenu » que je n'étais pas prête à quitter Belgrade, alors que j'avais sincèrement envisagé cette possibilité. Aujourd'hui, je me connais mieux et je sais que ma vie est ici, qu'elle le sera toujours. Est-ce que nous ne serions pas en train de nous précipiter dans les problèmes en décidant de nous revoir ? (Comment vous appelez ça, déjà ? *Running with scissors* ?) Mis à part notre dernier séjour parisien et les lettres qui ont suivi, notre histoire a toujours été plutôt joyeuse, ne risquons-nous pas de la gâcher en essayant de renouer dans les circonstances actuelles ? Je voudrais être raisonnable et pondérée alors que, pour être honnête, tout en moi hurle d'envie de te revoir.

Je vais y réfléchir, d'accord ? Laisse-moi un peu de temps pour peser le pour et le contre et je te dirai.

Je t'embrasse.

M.

Belgrade, November 12th 1978.

Dear Sam,

Depuis ton télégramme, je suis comme à côté de mon corps, complètement sous le choc. J'enchaîne les gestes du quotidien, je bois mon café et me maquille pour aller travailler, je parle aux collègues, j'avale la nourriture qui se trouve devant moi et je nourris Jean-Paul, mais je fais tout cela de manière automatique, mécanique ; je me tiens à distance de moi-même, ne parvenant pas à habiter ma chair.

On dirait que je ne suis plus capable de ressentir, d'éprouver quoi que ce soit, mis à part l'incrédulité, le refus de la perte. Je me sens comme anesthésiée ; cette sensation que l'on a en sortant du dentiste, qu'une partie de notre anatomie ne nous appartient plus, que c'est du carton, sauf que cette fois, c'est mon cœur qui me semble être en carton, totalement étranger.

Tu as bien fait de m'envoyer le télégramme dès que tu as appris la terrible nouvelle, je te remercie d'avoir pensé à moi immédiatement. Comme je te l'ai écrit, j'avais un mauvais pressentiment depuis quelque temps déjà, je faisais des cauchemars, comme si je savais sans savoir. Merci également de m'avoir appelée pour m'expliquer, je crois qu'il m'a fallu entendre ta voix me le répéter plusieurs fois pour que ça arrive jusqu'à ma conscience, que l'information s'imprime dans mon esprit, même si je sais qu'il va me falloir des mois pour me faire à l'idée qu'il n'est plus là.

J'imagine que comme pour nous tous qui avons été proches de Peter à un moment ou un autre, une partie de moi craignait depuis toujours de recevoir un télégramme ou un coup de fil de ce genre. Tu m'as raconté qu'il a toujours été casse-cou, depuis l'enfance, que plus quelque chose semblait dangereux, risqué, plus il y courait. Lorsqu'il était à Belgrade, il me rendait folle à traverser sans jamais regarder, à passer sur les rails à un cheveu du tramway, à rire après s'être fait insulter par les conducteurs. Je me sentais comme une mère hystérique lui tenant le bras et je me répétais qu'il était un homme adulte qui, lorsqu'il partait en reportage, côtoyait de bien plus graves dangers que ceux de la circulation belgradoise.

Quelle manière absurdement tragique de mourir ! (Comme s'il existait des morts logiques ou joyeuses...) Avoir pris autant de risques, avoir bourlingué dans des zones de guerre, enquêté sur des dictatures, pour finir dans un fossé de la montagne libanaise dans un stupide accident de voiture ; quelle terrible ironie du sort...

Certains matins, je me réveille avec la sensation que j'ai oublié quelque chose d'important – il y a cette chose que je devrais savoir mais qui m'échappe –, et puis ça me revient l'instant d'après. Mon appartement est plein de ses photos, celle de nous trois en juillet 1972 est toujours sur mon bureau, un grand tirage d'un paysage du Laos dans mon salon, la mer au large de Chypre comme une fenêtre dans ma cuisine. Son foulard palestinien prend la poussière sur le portemanteau depuis deux ans, il disait à chaque fois qu'il le prendrait lors de son prochain passage et puis il l'oubliait de nouveau. Un carton avec des affaires qu'il avait laissées ici parce qu'il était trop chargé la dernière fois se trouve dans mon placard; je n'ai pas encore eu la force de l'ouvrir pour voir ce qu'il contenait.

Tu ne m'as rien demandé, mais je pense que je te dois quelques explications (ce n'est pas le bon mot, mais mon cerveau est également sur pilotage automatique). Tu as dit une phrase étrange au téléphone, tu as dit que « tu as toujours su que Peter était l'amour de ma vie » et j'étais trop sous le choc à ce moment-là pour y répondre.

Je l'ai aimé, mais tu te trompes, Peter n'a pas été l'amour de ma vie. Tout simplement parce qu'aussi inimaginable que ça puisse me paraître à cet instant précis, j'espère que dans ma vie, il y aura d'autres amours encore, et toute vieille fille que je sois, je me considère bien trop jeune pour faire ce genre de bilan. Il a été un grand amour, oui. Tu l'as été tout autant. Vous l'avez été tous les deux, chacun à sa manière.

Lorsque nous étions ensemble, toi et moi, dans la période qui va de mes quarante-huit heures athéniennes jusqu'à notre déconfiture montmartroise, Peter et moi n'avons pas été en contact. Toutes les nouvelles que j'ai eues venaient de toi. C'est par toi qu'il a appris que nous avions rompu. Ce n'est qu'après ça qu'il m'a fait signe pour me dire qu'il prévoyait de faire un crochet par Belgrade et qu'il aimerait passer un moment avec moi si j'étais disponible.

Il est venu me rendre visite une douzaine de fois en trois ans. Parfois il s'arrangeait seulement pour faire escale ici et nous nous voyions quelques heures à l'aéroport entre deux avions. Parfois il restait une semaine ou plus. Je ne sais pas si on peut mesurer l'importance d'une relation en termes de temps passé ensemble, et même si on le pouvait, je n'ai pas passé plus de temps avec Peter qu'avec toi. Je n'ai pas été plus proche de lui que de toi. C'était juste différent, autant que vous l'étiez, vous deux.

Contrairement à toi, Peter me connaissait chez moi, dans mon élément. Il a vu mon précédent appartement et m'a aidée à emménager dans celui-ci. Il a planté des clous dans mes murs et branché mon lave-linge (il a par la même occasion provoqué un court-circuit, mais c'est une autre histoire). Il a rencontré mes amis, fréquenté mes cafés, il m'a accompagnée une fois chez mon père. Il a été présent lorsque Mme Lily est morte et que j'étais effondrée. Il a assisté au baptême surréaliste des jumeaux de Svetlana. Il est devenu ami avec Santi. Mais malgré tout, ce n'était pas plus important, ni plus fort, ni plus profond que ce que toi, tu connaissais de moi, à travers les centaines de pages de lettres que nous avons échangées, et tout ce que nous avons partagé lors de nos parenthèses parisiennes.

Je viens de réaliser qu'il y a dans tout cela un étrange jeu de miroirs. Peter me connaissait de façon documentaire en quelque sorte, et toi de manière littéraire.

Qu'est-ce que l'intimité réellement ? Peter me connaissait-il mieux que toi seulement parce qu'il a passé deux heures avec mon père et marché dans les rues de ma ville ? Je n'en suis pas certaine. Au contraire, je pense que justement, parce que la majeure partie de notre relation s'est déroulée par écrit, tu as eu beaucoup plus accès à qui j'étais viscéralement. Et surtout, je crois que je n'étais pas la même personne face à lui que face à toi.

Peter était de passage. Même quand il laissait des affaires chez moi, il était de passage. C'est ce qui le définissait. Même quand il nouait des liens avec mes proches et faisait des projets pour son prochain séjour, il restait quelqu'un de constamment sur le départ. Il promettait des tas de choses qu'il oubliait le jour d'après. Il était aussi absolument sincère qu'absolument inconstant. Il disparaissait pendant des mois, ne donnait aucune nouvelle, puis réapparaissait soudain. Et lorsqu'il était là, il prenait toute la place. Il aspirait tout l'air qui se trouvait dans une pièce, absorbait toute la lumière. Pas qu'il fût égocentrique ou qu'il manquât de générosité, il était tout simplement comme ça, *bigger than life*. Tellement ancré dans le présent, vivant chaque instant comme s'il devait mourir le lendemain, et c'était épuisant.

Je sais qu'à sa façon, il tenait beaucoup à moi. Je sais également qu'il y en avait tant d'autres, de femmes auxquelles il tenait, et qu'à peine il m'embrassait avant de passer la porte d'embarquement à l'aéroport, il était déjà ailleurs, oubliant jusqu'à mon existence. Il m'a toujours fait penser au personnage de Redford dans *The Way We Were*.

Il va terriblement me manquer quand j'aurai fini par accepter l'idée qu'il n'est plus là. Cependant, je ne me dirai jamais que j'ai perdu l'amour de ma vie. L'amour de ma vie, c'est ce que je suis en train de faire. C'est l'écriture. Tout le reste que j'ai vécu et qu'il me reste encore à vivre n'est là que pour alimenter l'écriture. Je ne sais pas s'il y aura d'autres grands amours dans ma vie. J'ai été gâtée d'en avoir vécu deux déjà. Mais plus que tout, j'ai mon travail, ma ville et mes amis. C'est à ça que je pense lorsque j'entends « amour de ma vie ».

J'aimerais venir à Trieste le mois prochain. Je ne sais pas pour quoi faire exactement et ce que ça signifie pour nous, mais je pense que ça nous fera du bien à tous les deux de nous revoir. Ne serait-ce que pour nous consoler mutuellement. Si tu le souhaites toujours, envoie-moi un télégramme pour me fixer un rendez-vous et j'y serai.

Love,

M.

LILY CLARA

Novella inachevée
(*Symphonie n° 3* de Gustav Mahler)

Elle me dit qu'elle ne se souvient pas de la guerre, qu'elle était trop petite. Que de ces années, il lui reste quelques images à peine. Une poupée de chiffon qui était sa préférée, même si elle en possédait des dizaines d'autres, en porcelaine de Limoges notamment, très belles et très chères. Celle-ci, fabriquée pour elle par sa nourrice, avait des nattes de laine blonde retenues par des rubans de satin et des boutons de nacre bleutée à la place des yeux. Des yeux un peu globuleux, précise-t-elle en écarquillant exagérément les siens pour mimer l'expression ahurie de la poupée, malgré les longs cils brodés sur la soie dont était tendu le visage. Puis elle part d'un de ses rires rauques qui meurent dans une quinte de toux.

La poupée portait les mêmes vêtements qu'elle, de cela elle se rappelle parfaitement, chacune de ses robes de princesse reproduite à l'identique en miniature. Les dentelles pâles, les velours profonds et chatoyants, et même un petit manteau en lapin, un petit manteau merveilleux. Je ne sais pas si vous vous rendez compte du travail que ça représente, me demande-t-elle, ce que c'est que de coudre de la fourrure en général, et d'aussi petites pièces en particulier. Elle me décrit longuement les habits de sa poupée et je comprends que c'est sa manière de retrouver les vestiges de sa prime enfance, qu'elle a pris l'habitude d'emprunter ce chemin-là, celui des objets, des décors, des détails, pour pallier l'oubli qui grignote et les effets des médicaments.

Elle me dit qu'elle ne se souvient pas de la guerre et je sais qu'elle fait référence à la première, la Grande, car elle doit avoir une soixantaine d'années. Le cadre dans lequel je l'ai connue, la manière dont le personnel médical s'adresse à elle, cette façon qu'ils ont de parler aux malades comme s'ils étaient des enfants, ses mains que les neuroleptiques font trembler, c'est tout cela qui la vieillit. S'il n'y avait pas la maladie et son traitement, elle serait une femme mûre mais en pleine forme.

J'écoute sa voix dans laquelle on entend toujours la petite musique de l'allemand, alors qu'elle ne l'a quasiment plus parlé depuis plus de trente ans, et j'imagine une fillette aux boucles vieil or qui saute sur un grand lit à baldaquin tandis qu'à la lumière d'une bougie ou d'une lampe à pétrole une vieille nourrice s'esquinte la pulpe des doigts en brodant de minuscules coccinelles sur une robe de poupée. Je me fais rire intérieurement, car de toute évidence dans l'appartement fastueux dans lequel elle a grandi – elle n'a pas besoin de me le préciser ; les poupées que son père lui rapportait de Limoges, le manteau en fourrure, les taffetas et les velours sont des indices suffisants – il n'y avait nul besoin de bougies ou de lampes à pétrole, l'électricité y était courante bien avant sa naissance.

Quel chemin l'a menée des étoffes chatoyantes dans lesquelles elle a grandi à la prison de linoléum gris et d'odeur de javel dans laquelle je l'ai rencontrée ?

*

Dès nos premiers échanges je comprends qu'il ne faut pas l'interrompre. Que si je m'immisce dans son flot de paroles pour lui poser une question, si quelque chose ne me semble pas logique ou si j'ai besoin de précisions, le moulin de son discours s'enraye aussitôt. Elle devient confuse et agitée, l'infirmière que je soudoie avec des chocolats et du café à chacune de mes visites se matérialise soudain dans la chambre, elle me regarde sévèrement avant de m'annoncer qu'il est temps de m'en aller afin que Mme Lily puisse se reposer. Alors, je la laisse dérouler comme ça lui vient et je m'efforce de suivre son errance, de la faire mienne.

Un collègue de la radio m'a prêté un enregistreur professionnel, mais je n'ose sortir la bête de mon cabas. Je crains que sa taille, ses nombreux boutons, la manipulation des bandes n'effraient ma nouvelle amie. Au tout début, j'ai tenté de prendre des notes, mais elle n'a pas aimé cela, ça l'a mise dans tous ses états. Elle a crié, appelé à l'aide et la cerbère en sabots est intervenue. Le chef de service, engoncé dans la blouse de sa propre suffisance de camarade-grand-docteur-professeur m'a ensuite convoquée dans son bureau pour me faire la leçon comme si j'étais une simplette débarquant de sa campagne inculte. Il éructait des mots savants – on aurait dit qu'il venait de déjeuner d'un manuel de psychiatrie rôti – et je me suis farcie trois quarts d'heure d'exposé sur les délires de persécution typiques des paranoïaques qu'il fallait à tout prix éviter de déclencher chez les patients. Alors que depuis des années je fréquentais régulièrement des couloirs et des chambres semblables, et que j'ai compris mon erreur à l'instant même où j'ai tiré le carnet et le stylo de mon sac.

Depuis ce faux pas, je fais ce qui semble apaiser mon étrange amie. Je me pose dans l'affreux fauteuil en Skaï vert face à elle, je ne déballe que la Thermos pleine de thé noir et les pâtisseries. Strudel au fromage blanc ou roulé au pavot que je sais qu'elle affectionne et que je dispose joliment sur les assiettes à dessert du service cobalt de ma grand-mère. Je recouvre d'un napperon le Formica du tabouret pour le transformer en table basse et j'attends que Lily décide si – et de quoi – elle a envie de parler. Je ne lui verse pas le thé, ni ne lui propose un morceau de gâteau. Malgré ce que le camarade-docteur-professeur pense, j'en connais suffisamment sur les paranoïaques pour savoir que d'insister pour leur faire ingérer une nourriture qu'ils n'ont pas préparée est le meilleur moyen pour qu'ils refusent d'en avaler une miette. Alors que si je le pose là, l'air de rien, une fois sur deux Lily me demandera de lui servir une tasse de thé, elle goûtera probablement le gâteau du jour, et c'est cela même qui déclenchera la parole, fera remonter le souvenir. Bien avant d'avoir eu à nous farcir le mortel ennui de la lecture de Proust à l'école, nous autres Balkaniques, nous avons compris le lien étroit qu'entretiennent nourriture et mémoire.

Ce qui était au départ une de ces rencontres de hasard – une vieille dame qui m'apostrophe dans le couloir d'une unité d'hospitalisation psychiatrique pour me demander une cigarette, puis se met à me parler d'une manière si particulière que j'ai envie de l'écouter – est devenu un possible personnage intrigant et une enquête qui m'obsède. Peut-être parce qu'actuellement, je suis en train de travailler sur le scénario d'un feuilleton pour la télé, une énième itération de la même recette à l'humour bien gras taillée sur mesure pour des vedettes vieillissantes, je me cherche un autre sujet qui me redonnerait la sensation d'être une écrivaine et non seulement une machine à pondre du dialogue en kit. Les feuillets que je produis chaque jour me paraissent insipides, alors je me passionne pour le destin de Lily.

Parfois elle ne dit rien. Son regard va de mes offrandes à mon visage avec suspicion. À ces moments-là, elle a presque la moue boudeuse d'une enfant. Je meuble le silence en causant du temps qu'il fait, des rosiers farfelus devant la clinique qui fleurissent hors saison, des prix au marché, avant de m'éclipser. Mais de plus en plus souvent elle semble contente de me voir et avide de me raconter. Je l'écoute, concentrée, pour en perdre le moins possible, pour pouvoir noter plus tard, fiévreusement, lorsqu'en repartant j'irai m'assoir dans la kafana du coin de la rue.

Je dois avouer que je suis de moins en moins sûre, que je fais de moins en moins la part des choses entre ce que je suis certaine qu'elle m'a dit et ce que j'ai sans doute imaginé en l'écoutant.

Un ami écrivain qui se reconnaîtra me maintenait il y a quelque temps que l'écriture était le lieu de la vérité absolue, de la mise à nu de l'âme, alors que je crois qu'au contraire, elle est le royaume du mensonge, ou pour le dire sans jugement moral, celui de l'arrangement. Qu'écrire n'est rien d'autre que bâtir des mythes et élaborer des légendes – jouer à se faire peur – pour pouvoir regarder en face les douleurs qui nous ont façonnés.

Un jour, Lily est particulièrement fébrile. Elle me demande de fermer la porte, elle-même vérifie les fenêtres. Une fois qu'elle a pris toutes les précautions nécessaires, elle me regarde droit dans les yeux. Vous ne devez répéter à personne ce que je vais vous dire ; jurez-le moi. Je jure en y mettant toute ma conviction, même si je sais pertinemment que je vais la trahir dans la foulée si jamais cette confidence s'avère une matière prometteuse. Je ne m'appelle pas Lily, me dit-elle. C'est le nom que j'ai donné lorsqu'on me l'a demandé à Trieste. Lily, c'était Elle. À l'instant où elle le prononce, je sais que Elle doit prendre une majuscule et que là se niche la clef du mystère que je dois percer. Qui est-elle, Lily ? Je sens que tout est là. Moi, avant Trieste, dit-elle en baissant encore la voix, je m'appelais Clara. Clara Halbron.

Je n'arrive pas à m'expliquer pourquoi je suis convaincue que dans cette polarité Lily/Clara, il y a ce que je cherche, sans même avoir su, quelque semaines auparavant, que je cherchais quoi que ce soit.

*

La fois d'après, je lui demande de me raconter qui est Lily, mais elle me regarde comme si j'étais celle qui n'avait plus toute sa tête. C'est moi voyons, dit-elle tout doucement, sur le ton de l'évidence calme que l'on prend pour signifier à notre interlocuteur que sa question est insensée. Je ne sais pas si elle a vraiment oublié sa confidence furtive ou si elle me met à l'épreuve. Je ne la connais pas bien encore. Je n'insiste pas. Et puis, il s'agit de son histoire après tout, c'est à elle de choisir la manière dont elle souhaite la raconter. Je pressens déjà que je n'en serai que le scribe.

Elle passe le doigt sur le rebord de la soucoupe, suit le tracé du dessin bleu nuit. Nous avions un service semblable, dit-elle ; il y avait tellement de belles choses dans l'appartement de mes parents. Vous connaissez Berlin ? Je secoue la tête et réponds que j'espère avoir l'occasion d'y aller un jour. Oh non ! me dit-elle, ça ne sert à rien, ça n'existe plus, tout a été rasé. C'est devenu autre chose qui n'a plus rien à voir avec la ville où j'ai grandi. J'en profite pour lui demander, l'air de rien, si elle y est retournée depuis le mur. Elle émet un petit rire moqueur comme si je venais de tenter une blague qui a raté sa chute.

Elle allume une cigarette, regarde par la fenêtre, elle s'éloigne. J'attends, j'attends toujours. Dans ces moments, je ne sais jamais si elle reviendra ou si nous passerons un long moment en silence, avant que je ne renonce et n'enfile mon manteau pour repartir. En vérité, je n'ai aucune idée de ce que j'attends qu'elle me révèle. En quête de quel mystère j'ai pris l'habitude de venir la voir. Je m'illusionne sans doute en pensant que ce que je cherche – les réponses aux questions que je me pose à propos de mes choix de vie ou l'inspiration pour enfin parvenir à mener à bien un projet d'écriture personnel – c'est dans cette chambre que je vais les trouver. Peut-être que je ne suis là que pour fuir la soudaine lourdeur qui s'est emparée de mon quotidien. Quelle idée, que de chercher la légèreté auprès d'une vieille dame psychotique !

C'était à Oranienburger Straße, dit-elle soudain, au premier étage d'un immeuble du début du siècle. Une façade rose pâle aux lignes arrondies lorgnant du côté de l'architecture expressionniste sans toutefois l'épouser entièrement. La Friedrichstraße, vous savez, avec ses brasseries, ses théâtres, son effervescente vie nocturne était au coin de la rue. Elle me le dit comme si ça allait de soi, tout le monde connaît la Friedrichstraße, et je hoche la tête pour l'encourager à continuer.

Lorsqu'elle énonce les noms des rues en allemand, il n'y a pas que sa voix qui change, qui prend un timbre plus grave ; les traits de son visage se transforment aussi. J'ai la sensation étrange que deux personnes différentes se relayent pour me raconter. Ses petites mains virevoltent, esquissent des boulevards et des avenues, bâtissent une maquette du quartier dans l'air entre nous. La ville surgit des gravats que j'ai vus en photo dans mes manuels d'histoire de lycéenne.

Elle parle et tout apparaît. Le large palier du premier étage, recouvert de moquette sombre et dominé par deux doubles-portes en chêne verni. Sur celle de droite, la plaque en laiton indiquant qu'il s'agit du cabinet de Julia et Simon Halbron, avocats. Je ne relève pas le nom de famille de peur qu'elle ne se braque à nouveau. Je lui souris, alors que mon cœur bat la chamade.

Bien sûr, même si sur la plaque le prénom de sa mère précédait celui de son père, cette dernière y était moins systématiquement présente. La clientèle se pâmait d'admiration – sa mère n'était pas seulement avocate, elle était aussi très belle, très charismatique –, mais pour des affaires délicates et compliquées, on préférait avoir affaire à l'homme. Personne ne doutait de la compétence de Mme Halbron, cependant on soupçonnait même les femmes les plus épatantes d'avoir des humeurs, des faiblesses, et lorsqu'il était question de problèmes juridiques ou financiers, il valait mieux ne pas prendre de risques. De cela, sa mère avait l'habitude, il en était ainsi depuis la faculté, elle s'en amusait. Les affaires étaient florissantes et souvent ses parents restaient au bureau jusqu'à tard dans la nuit, tous deux penchés sur les papiers éparpillés et les cendriers pleins, à préparer ensemble les gros dossiers. Toutefois Julia laissait Simon recevoir les clients et se présenter au tribunal ; à quoi bon provoquer de la gêne ou créer des tensions, les mentalités vous savez. J'approuve, oui bien sûr, à quoi bon ?

La porte du milieu était celle de l'appartement. Un peu cachée dans le coin à gauche, une plus petite porte donnait accès au quartier des domestiques, du côté de la cuisine. En réalité, cette séparation n'existait que sur le palier, me dit-elle. À l'intérieur, tout communiquait, depuis la cuisine et la buanderie à un bout jusqu'au cabinet juridique à l'autre. De grandes pièces et des couloirs qui se suivaient, les portes Art déco étaient ouvertes la plupart du temps. Elle y faisait du patin à roulettes. Elle rit aux éclats en me racontant comment elle évitait de justesse un guéridon ou une chaise, son corps menu mime des accélérations et des feintes, elle imite la bonne qui la poursuit et la gronde.

Le foyer dans lequel elle a grandi ne ressemblait pas vraiment à l'image que l'on se fait de celui d'une famille bourgeoise. Certes, il y avait l'odeur d'encaustique et les boiseries lustrées, les grands miroirs et les tableaux aux murs, l'argenterie impeccable et le cristal des verres, le moelleux des tapis d'Orient et le cuir souple des fauteuils, les rideaux lourds et le linge de maison en coton d'Égypte, la troupe des domestiques. Mais à cela s'ajoutaient des étagères croulantes de livres pas très bien rangés, les journaux qui traînaient et les cendriers qui débordaient, une veste oubliée sur une chaise ou une paire de chaussures jetée au pied du canapé que l'on mettait souvent deux jours à remiser dans une armoire, les disques éparpillés au sol, des peintures ou sculptures avant-gardistes qui faisaient hausser les sourcils des visiteurs aux goûts plus conventionnels. C'est plutôt un intérieur de saltimbanques que j'ai l'impression de visualiser.

Elle n'a jamais souffert d'avoir été enfant unique, il y avait toujours du monde qui vivait là, des peintres ou des musiciens sans le sou, des amis de ses parents, un vague petit cousin qui faisait son droit et qui se préparait à reprendre le cabinet un jour, puisqu'elle-même avait annoncé que le droit et les affaires ne l'intéressaient point. Déjà enfant, vous savez, j'avais un tempérament d'artiste. J'étais comme vous, dit-elle.

Julia et Simon donnaient souvent des dîners, des fêtes. Ils aimaient s'entourer de personnes diverses, ils ne s'enfermaient pas dans leur milieu social. Ils s'intéressaient au théâtre, à la littérature. Ils aimaient débattre, et rire également. Ils étaient un peu mécènes.

Elle décrit l'appartement, les bibelots, l'ambiance avec maints détails. En l'écoutant, j'ai l'impression de pouvoir toucher le velours d'un coussin, sentir l'odeur d'un bouquet de pivoines, entendre le tintement des couverts. Elle déterre minutieusement le décor disparu, mais les personnages qui l'habitent ne sont que des silhouettes furtives, des ombres à peine. Des fantômes. Elle dit parfois

« mes parents », mais le plus souvent elle les appelle Julia et Simon.

L'infirmière, qu'à force de petits présents j'ai réussi à dérider, vient me signifier que l'horaire est dépassé et qu'il me faut partir. En me raccompagnant elle me confie qu'en dehors de moi, Mme Lily n'a jamais de visites et m'encourage à revenir aussi souvent que je le peux. Lors de ses séances de thérapie, ma petite folle s'obstine à garder le silence, alors au moins, si avec moi elle se livre, c'est déjà ça.

*

Je fouille dans les ouvrages à ma disposition pour me faire une idée du Berlin d'avant-guerre.

À ce moment, c'est une des plus grandes villes d'Europe, et si elle n'a ni la beauté de Paris, ni le charme de Rome, ni le chic de Vienne, sa vie culturelle donne le tempo que les autres métropoles s'empressent de suivre. Salles de cinéma et cabarets à tous les coins de rue, cafés où les intellectuels se retrouvent, bouchons de bouteilles de champagne qui sautent au rythme des morceaux de jazz dans les sous-sols. Les femmes ont envoyé balader les corsets et les robes longues qui entravaient leurs mouvements, les colliers de perles et les poitrines libérées se balancent en cadence. On s'empresse d'effacer les traces de la Grande Guerre ayant retardé l'entrée du continent dans ce XXe siècle que l'on espère n'être dorénavant que progrès, avancées technologiques et sociales. À l'Est, la révolution a mis fin à la folie toute-puissante des tzars. À l'Ouest, les paquebots déversent des marées d'émigrants dans une Amérique tissée de mythes, de rues pavées d'or et d'entreprises florissantes. Mais c'est dans le ventre du Vieux Monde, encore et toujours, que bat le pouls des temps modernes.

Le pays souhaite tourner le dos la guerre, or il a du mal à s'en relever tout à fait. La République de Weimar est proclamée alors que les cadavres encombrent encore les tranchées. Le traité de Versailles divise l'opinion publique, l'Allemagne n'a-t-elle pas suffisamment payé déjà ? Une opinion publique à laquelle on s'efforce pourtant de cacher la clause du traité insistant sur la culpabilité allemande dans le déclenchement des hostilités. La gauche, qui a gagné les élections, ne cesse de se fragmenter dans des luttes intestines. Les arrestations puis les assassinats de Rosa Luxemburg et de Karl Liebknecht scellent de profondes scissions. Les communistes se méfient des sociaux-démocrates, qu'ils accusent de fricoter avec l'ancien pouvoir. Les grèves générales et les tentatives de putsch se succèdent. Weimar se voudrait république progressiste, stable, mais son économie a les reins fragiles et sa société est tiraillée par tant de contradictions. Si quelques années après la fin de la guerre, les plus aisés maintiennent encore leur niveau de vie, l'hyperinflation accable les bourses des foyers de la classe moyenne. Pour les plus démunis, la situation est catastrophique. La criminalité a envahi les rues. La république tente de tenir tant bien que mal ; à certains moments elle semble partir à vau-l'eau. Les vieux démons ont le vent en poupe et les couches de la société les plus conservatrices ne voient pas d'un bon œil cette Judenrepublik. *Le Protocole des sages de Sion* se vend comme des petits pains.

Je tente d'organiser mes notes, de mettre de l'ordre dans ce que la douce vieille m'a livré. Je me rends bien compte que tout est trop. Trop d'argent, trop de bienveillance, trop de modernité, trop de détails scintillants, alors que j'ai vérifié et que mon intuition était juste : Halbron est bien un nom juif, et à l'époque dont Mme Lily – ou plutôt Clara ? – me parle, les chemises brunes apparaissent déjà dans les rues.

Néanmoins, ce sont les souvenirs d'une vieille dame enfermée dans une maison de fous. Oui, tout est clairement fantasmé, l'appartement, les parents. Souvent, les personnes déclassées – ce qui est de toute évidence son cas, elle vient d'un milieu aisé, mais elle a passé ensuite une quinzaine d'année à survivre Dieu sait comment, avant de bénéficier du strict minimum garanti par le système du pays dans lequel elle a échoué – souvent, les personnes déclassées ont tendance à exagérer l'ampleur de ce qui a été perdu. À enjoliver leur monde d'avant. Il me suffit de m'appuyer sur ce que je vois dans ma propre famille. À les entendre narrer leur situation d'avant-guerre, on croirait qu'ils faisaient partie de la famille royale, alors qu'en vérité, il n'est question que de trois pharmacies que le régime leur a confisquées après la Libération, il s'agit seulement de petite bourgeoisie descendue d'un cran sur l'échelle sociale. Le même processus mental est à l'œuvre dans la façon dont Lily/Clara se souvient de ses parents. Des parents aimants, des parents adorés, qu'elle n'a probablement jamais revus, dont elle a été séparée quelque part entre 1933 et 1945 ; je peux hélas facilement m'imaginer la suite des événements. Bien sûr qu'elle les fantasme, qu'elle en rajoute, qu'elle les pare de toutes les qualités. C'est presque banal dans ce genre de deuils impossibles.

*

Je la trouve tellement touchante, dans ses robes vieillottes, avec ses chignons approximatifs et le rouge qui dessine d'un trait tremblant le contour de ses lèvres. Elle détonne dans ces couloirs peuplés de spectres déambulant en pyjama et en robe de chambre froissés. Malgré son esprit vacillant, il y a quelque chose en elle qui refuse de se laisser aller, qui s'accroche au souvenir de ce que fut sa vie avant les cataclysmes qui ont déferlé sur elle. J'avais remarqué que ses chaussons étaient très usés et j'ai écumé les magasins pour lui en trouver une nouvelle paire aussi élégants que des chaussons puissent l'être. La joie presque enfantine que lui procure mon cadeau m'émeut aux larmes.

C'est vraiment gentil de me rendre visite aussi souvent que vous le faites, me dit-elle, mais à votre âge vous devriez sortir, vous amuser, et non pas vous enfermer avec une vieille qui radote. Elle me trouve mauvaise mine, s'inquiète de ma santé. Je lui confie que je dors mal et que j'ai du chagrin. J'ai rompu avec l'homme que j'aimais. Je lui raconte mon amant américain, les lettres que nous avons échangées durant deux ans et demi. Je soupire que c'était un amour impossible. Elle se penche et me caresse furtivement le genou : Allons allons, mon petit, ne dites pas de bêtises, ça n'existe pas, les amours impossibles. Elle me dit que l'amour, par définition, est ce qui rend tout possible, elle sait de quoi elle parle. Je m'empare de la perche qu'elle me tend, je l'interroge sur le ou les grands amours de sa vie. Elle balaye l'air du dos de la main pour évacuer ma question. Une autre fois, me dit-elle.

*

Vous savez, moi aussi j'écrivais. Elle m'informe qu'elle était particulièrement douée, qu'adolescente déjà, on trouvait ses textes extraordinaires. Des écrivains fameux, amis de ses parents, les lisaient et tous s'accordaient à lui prédire un brillant avenir. Si tout ne s'était pas enchaîné comme ça s'est enchaîné, elle aurait sans doute eu beaucoup de succès. Si « tout ça » n'avait pas eu lieu, elle aurait été la plus grande de toutes, de tous, m'affirme-t-elle le plus sérieusement possible.

Je sais qu'avec l'accélération de la pensée et du discours, la méfiance, une agressivité intermittente, la folie des grandeurs fait parfois partie de la panoplie de sa maladie. Une des premières fois que nous avons parlé, elle m'a raconté qu'elle avait travaillé comme traductrice avant que le complot la visant ne l'oblige à prendre sa retraite, et que le Maréchal la demandait, elle expressément, lorsqu'il lui fallait quelqu'un de confiance pour lui traduire des dépêches top secret en allemand. Elle y fait référence régulièrement, elle ne dit pas le camarade Tito comme on a tous l'habitude de le faire, mais l'appelle toujours le Maréchal. Un monsieur très gentil, très chaleureux, affirme-t-elle. Parmi tout ce qu'elle me confie, impossible de savoir quels éléments sont véridiques et lesquels font partie de l'aspect mégalomaniaque de sa maladie.

J'écrivais moi aussi, oui, mais pas seulement, enchaîne-t-elle, je chantais et je dansais aussi. À 20 ans, j'étais une artiste très accomplie déjà. Je la laisse dérouler. Les mêmes images qui reviennent, l'effervescence de Berlin dans les années 1920, les cabarets, les théâtres, les studios de cinéma, les salons littéraires. Je ne peux pas m'empêcher de penser qu'elle s'y accroche comme pour arrêter le temps, qu'elle refuse de se souvenir de ce qui a eu lieu après.

Elle était partout, elle passait ses nuits dehors. Oh non ! ses parents ne s'y opposaient pas, ils étaient très modernes. Ils l'encourageaient même, ils étaient exceptionnels. Elle s'intéressait à la politique également. Aux dîners elle avait toujours son mot à dire. Oh là là ! les discussions et les débats, si vous aviez vu ça !

C'est l'art qui changera le monde, affirmait-elle alors. Pour croire en un avenir plus radieux, il fallait d'abord pouvoir l'imaginer, pouvoir se le représenter. Les articles des journaux, les grands discours politiques, les théories économiques ne suffisaient pas pour insuffler une vision optimiste. Il fallait toucher les gens, parler à leur âme directement. Et il n'y avait que la peinture, la musique, le théâtre, la poésie qui pouvaient faire cela. Parce que la rencontre avec une œuvre d'art nous bouleverse, nous modifie en profondeur. Nous en sommes radicalement transformés. Oui, bien évidemment que les gens ont besoin d'avoir du travail et de manger à leur faim et de vivre dans des conditions décentes, mais si notre ambition s'arrête là, si nous ne comprenons pas que nos esprits ont encore plus besoin d'être nourris que nos corps, alors nous n'arriverons à rien.

Elle s'enflamme et je ne peux que hocher la tête. J'essaye de me la représenter à 20 ans, elle devait être ravissante. Je me demande si elle avait coupé ses cheveux sous les oreilles à la mode d'alors ou si elle les a toujours portés longs. Je suis sûre qu'elle plaisait aux garçons. Si en plus la fortune de ses parents était telle qu'elle le raconte, elle devait avoir des dizaines de prétendants, que pourtant elle ne mentionne jamais.

J'imagine aussi les regards amusés des vieux croûtons devant cette jeune fille faisant de grands discours et se lançant dans des envolées lyriques. Je me demande si autour de ces tablées, on parlait yiddish ou allemand, si on était inquiet ou si on pensait que le statut social, l'intégration dans la société, les idées de gauche prônant un capitalisme raisonné les garderaient à l'abri de ce qui déjà grondait autour d'eux.

Je ne peux pas savoir ce que valaient ses écrits de jeunesse, mais je constate à quel point Mme Lily est une conteuse remarquable. Elle le sent, à chaque fois que je ne l'écoute plus que d'une oreille, que je décroche et m'éloigne dans mes pensées, elle trouve toujours le moyen de me rattraper par le col. Du coq à l'âne : Vous connaissez Kurt Weill ? Bien sûr pas personnellement, mais je connais son œuvre. Eh bien, figurez-vous que c'est grâce à lui que j'ai rencontré la vraie Lily, me dit-elle comme en passant, avant de s'enfoncer plus profondément dans son fauteuil, de sourire tel le chat de Lewis Caroll et de savourer son effet. Puis elle me raconte ce qui m'apparaît comme la scène fondatrice.

En attendant le tramway, plus tard, je note fébrilement afin de n'oublier aucun détail.

*

Weill, elle l'appelle toujours Onkel Kurt, encore aujourd'hui. Des amis de ses parents, lui et Tante Lotte, qui venaient souvent dîner. Elle trouvait leur couple fascinant, lui si taiseux, sérieux, dans son monde, et elle si excentrique, volubile, à l'image qu'on se fait d'une chanteuse vedette. À nouveau, je remarque cet étrange dédoublement lorsqu'elle prononce leurs noms avec l'intonation allemande. Même si Kurt Weill est mort depuis vingt-cinq ans et que Lotte Lenya est une vieille dame vivant toujours en Amérique, dans son récit, ils ont la même présence fantomatique. C'est un monde disparu que ma vieille folle exhume pour moi, qu'elle convoque dans cette chambre au linoléum déchiré et aux néons cruels.

Elle sait ménager le suspense. Elle me décrit minutieusement la salle où se déroule la répétition. À ce stade de la création, il était difficile de suivre l'intrigue de la pièce, si intrigue il y avait. Des fragments, des bouts de scènes, des chansons. Des gangsters, des chercheurs d'or, des prostituées, un saloon peut-être. Je devine qu'il doit être question de *Grandeur et décadence de la ville de Mahagonny*, j'ai travaillé sur cette pièce à l'Académie. Ça me donne une indication temporelle plus précise, 1930, juste avant que tout ne sombre définitivement. Je ne fais pas de commentaire, je l'écoute et retiens mon souffle. Weill est au piano, et elle dit qu'il ne fait qu'un avec la musique, que cette dernière semble un écran entre lui et l'agitation qui règne sur la scène, dans les coulisses, et même dans la salle où des spectateurs épars commentent à voix basse ce qu'ils voient naître.

À force d'en entendre parler, elle souhaitait absolument rencontrer Brecht. Un artiste de génie selon certains, un fou tyrannique selon d'autres. Grâce à Onkel Kurt, elle a pu assister aux répétitions, mais à force d'observer le génie au travail, elle savait de moins en moins quoi en penser. Il criait souvent, disait des choses affreuses à ses acteurs ; il les traitait de bourgeois dès que l'interprétation qu'ils proposaient lui déplaisait. Elle me fait un clin d'œil. Vous savez, son père était propriétaire d'une fabrique de papier ; Brecht pouvait se donner les airs qu'il voulait avec ses vestes d'ouvrier, il n'en a jamais été un. Et puis toutes ces femmes, jeunes, belles, talentueuses, dans le chœur et en coulisses, qui se démenaient pour lui plaire, qui anticipaient chacun de ses désirs artistiques, et apparemment pas qu'artistiques, à ce qu'on racontait. Le harem de Brecht, disait Tante Lotte en roulant des yeux.

J'ose que, tout de même, il a été un grand artiste. Bien sûr, me répond-t-elle, dans ce qui se dessinait sur scène, il arrivait que soudain il se passe quelque chose, que la magie apparaisse. Le couplet d'une chanson, une ébauche de costume, l'ironie qui tranche, l'esprit qui brille comme une lame de boucher. C'est vrai qu'il avait du talent, ce Bavarois grossier et vilain.

Quelque chose change dans son attitude. Son débit s'accélère, ses mains dansent, elle fait tomber de la cendre partout. Il devait être minuit passé lorsque la répétition s'est terminée. Elle est allée embrasser Onkel Kurt, qui l'a entraînée pour la présenter au metteur en scène entouré d'une petite foule. Une jeune femme en manteau tant de fois rapiécé qu'il était impossible d'en deviner la matière et la couleur d'origine attendait également son tour pour lui parler, serrant des feuillets dans sa main. De sa vie, elle n'avait jamais vu une aussi jolie fille. L'éclat de sa peau, la puissance voluptueuse de sa silhouette faisaient immédiatement oublier la pauvreté de sa mise. On aurait dit que tous les projecteurs étaient braqués sur elle, alors qu'on venait de les couper un instant plus tôt. L'œil de Brecht l'a repérée également, la jeune femme époustouflante. Il s'est dirigé vers elle, a posé une main dans le creux de son dos, l'a entraînée à l'écart de l'attroupement. De là où elle se tenait, ma conteuse n'a pu attraper que des bribes de ce qu'ils se sont dit. La jeune femme lui a tendu ses feuillets, elle a dû lui demander d'y jeter un œil s'il en avait le temps et l'envie, et Brecht a hoché la tête avec un intérêt manifeste. La jeune femme le regardait droit dans les yeux, un regard franc mais sans effronterie, elle ne paraissait pas du tout impressionnée par le grand poète, juste curieuse d'entendre son avis. Brecht lui a proposé quelque chose qu'elle a décliné poliment mais avec assurance, puis elle est partie.

Je n'en avais plus rien à faire de rencontrer Brecht, j'ai suivi la jeune femme, j'ai couru pour la rattraper, plantant là Onkel Kurt. Cette jeune femme, c'était Lily. Et moi, j'étais encore Clara.

*

Je vois la scène comme si j'y avais assisté, comme une séquence cinématographique qui se déploie sous mes yeux.

Elles sont devant le théâtre. Il pleut et Lily regarde ses pieds, dépitée et amusée à la fois. « J'ai fait à peine trois pas et déjà mes chaussures se sont remplies d'eau. Écoutez, on dirait un concert de grenouilles ! » dit-elle en imitant la démarche de Chaplin à l'attention de Clara qui vient d'arriver en courant. Clara remarque alors que Lily porte un pantalon retroussé trop grand pour elle, qui accentue le clownesque de sa petite parade. « Je peux vous donner les miennes, propose précipitamment Clara, elles sont imperméables. » La jeune femme siffle d'admiration en évaluant les bottines imperméables, puis : « Si vous faites cela, nous serons deux à avoir les pieds mouillés ; je me demande ce que nous aurons accompli alors ? »

Elle s'apprête à partir dans la nuit et Clara se surprend à paniquer à l'idée de ne plus jamais la revoir. Il lui faut retenir la jeune femme ravissante à tout prix, faire sa connaissance. « Si vous ne voulez pas de mes chaussures, laissez-moi au moins vous offrir quelque chose de chaud à boire. » La jeune femme la regarde, lui sourit. « Je suis Lily », dit-elle.

Elles entrent dans une brasserie. Elles s'installent dans un coin, commandent des grogs. L'alcool, dont l'une comme l'autre n'ont pas vraiment l'habitude, leur délie la nuque et la langue. Immédiatement, elles ont l'impression de se connaître depuis toujours. Les mains de Lily sont gercées, ses ongles pas très propres, mais elle s'exprime dans une langue châtiée, riche, comme quelqu'un qui a beaucoup lu.

C'est de cela qu'elles parlent en premier, commentant la répétition à laquelle elles ont assisté, et puis ça les mène aux livres qu'elles viennent l'une et l'autre de terminer, puis à ceux qu'elles ont lus il y a longtemps mais qui les ont marquées, et encore tous ceux qu'il leur reste à lire. Elles gigotent sur leurs banquettes et tapent dans les mains telles des fillettes émerveillées de découvrir tout ce qu'elles ont en commun, alors qu'en les voyant ainsi, face à face, on les croirait si différentes. Elles se récitent de mémoire des bouts de leurs poèmes respectifs qu'elles entrelacent déjà. Elles parlent, elles parlent, de la fratrie de Lily, des parents de Clara, de musique aussi et des danses qu'elles aiment, de politique bien sûr, de l'inquiétude qui plane, de la judéité de Clara qui ne devrait pas être un sujet mais qui le devient pour certains – « des porcs, dit Lily, ce sont des porcs » –, de la conviction communiste de Lily qu'au sein du SPD ce n'est pas beaucoup plus glorieux. Elles se chamaillent un peu à ce sujet d'ailleurs, Clara croit que le gouvernement veille au grain et que les tensions finiront bien par se calmer. Elles se prennent les mains en se promettant déjà que rien ne va jamais les séparer, et sûrement pas de menues divergences idéologiques. Elles prononcent des mots qui sont légèrement trop grands pour leur jeune âge, comme l'est le pantalon d'homme sur Lily.

Et puis Lily réalise que la nuit a filé sans qu'elles ne s'en soient rendu compte, elle s'inquiète : comment Clara va-t-elle rentrer, et elle-même doit se dépêcher pour se rendre au travail. Le contremaître lui fait des avances salaces – « un porc, celui-là aussi, un vendu », c'est ce qu'elle lui a d'ailleurs dit la dernière fois qu'il a essayé de la coincer contre le mur –. En arrivant en retard, elle ne voudrait surtout pas lui offrir un prétexte pour la harceler encore plus.

Clara insiste pour qu'elles échangent quand même leurs chaussures, puisqu'elle habite tout près et qu'elle en a plusieurs paires. Elle veut même donner à Lily son chapeau et ses gants et aussi son manteau, elle sanglote et la supplie d'accepter. Lily ne comprend pas d'où vient cette soudaine intensité, elle le met probablement sur le compte de l'alcool et de la nuit blanche, elle dit « Allons, allons » et finit par céder pour ce qui est des bottines et des gants.

Dans la rue, les fêtards titubent et les travailleurs se pressent. Lily se penche et embrasse Clara sur les lèvres. Un baiser comme au cinéma, lèvres closes, qui restent longuement soudées. Des ivrognes et des sans abri leur crient des obscénités, mais Lily et Clara ne les entendent pas.

*

Je vais la voir aussi souvent que possible, chargée comme une reine du marché noir, avec mes strudels, ma Thermos, mes fleurs, ma plus belle vaisselle et les offrandes pour dérider l'infirmière en chef.

Je dois me surveiller pour continuer à l'appeler Mme Lily. Je crains que si je m'emmêle les pinceaux en lui disant Clara, elle ne se braque et refuse de me parler. Elle radote, ma petite muse, ne cesse de revenir au faste de l'appartement, au scintillement de la nuit berlinoise, elle me balade. Je ne me souviens plus, j'ai oublié tout ça, des bêtises sans importance, me répond-elle certains jours, quand prudemment je glisse une question sur la vraie Lily. À d'autres moments, je n'ai pas le temps d'enlever mon manteau que déjà elle est en train de dérouler la pelote, je m'accroche comme je peux au monologue en cours, lancé à toute allure. Son récit est plein de trous et d'ellipses.

Elle m'entraîne dans leur sillage, à Lily et elle. Elle s'emballe et je me perds. Je crois être en train de les filer à Wedding, quartier dont était originaire Lily, mais elles sont à Alexanderplatz, elles s'encanaillent parmi les petits malfrats, les grands voyous, les bonimenteurs de foire et les filles des rues. Déguisées en entraîneuses, fardées comme pas possible, à peine vêtues si ce n'est de quelques plumes, présentant en duo un numéro dans un cabaret. Elles avaient co-écrit la chanson, très osée, et la chorégraphie l'était encore plus. Qui aurait pu prévoir qu'une connaissance de ses parents serait dans la salle et qu'il la reconnaîtrait malgré les fards et la perruque ? Le savon que ça lui a valu, jamais entendu auparavant ses parents crier ainsi, mais elle ne regrette rien, Lily et elles se sont tellement amusées. Elle avait gardé une photo de cette soirée, c'est une des rares choses qu'elle a pu emporter avec elle quand on l'a mise dans cette voiture sans lui demander son avis et après l'avoir bourrée de tranquillisants. Longtemps elle l'avait gardée tout contre son cœur, cette photographie, elle croit avoir fini par la perdre quelque part dans le sud de la France, ou peut-être en Suisse, elle ne se souvient plus précisément du moment où la photo a disparu, mais ça n'avait plus d'importance, elle en avait mémorisé chaque détail. Il lui suffit de fermer les yeux pour la voir. J'ai compris que les objets ne comptaient pas vraiment, dit-elle les doigts sur la tempe, tout est archivé là-dedans, une vraie malle aux trésors. Les objets ne peuvent pas disparaître, il suffit de les décrire pour les retrouver, les mots ont ce pouvoir-là, comme vous le savez vous-même. Je n'ose pas lui demander si l'on peut retrouver nos chers disparus également, si les mots sont suffisants pour les faire revivre.

Nous avons triomphé de tous les obstacles, me dit-elle. L'amour fou, vous savez, permet de tout surmonter. Elle enchaîne sur la différence de milieu social, à quel point Lily et elles venaient de mondes différents. S'il n'y avait eu cette salle de théâtre, elles ne se seraient jamais rencontrées. Une raison pour laquelle elle garde quand même de la tendresse pour Brecht, alors qu'elle a tant à lui reprocher. Étrangement, à l'entendre, le fait qu'il fût question d'un amour entre femmes semble anecdotique. Lorsque, avec mille précautions, je tente d'en savoir plus, elle explose de rire et se moque de moi. Elle ne me croyait pas si conformiste, elle me traite gentiment de Balkanique arriérée, et m'assure qu'à son époque, là où elle vivait, on était tellement plus moderne. Elle aime beaucoup ce mot, moderne.

Je glane ce que je peux, ramasse les cailloux qu'elle sème, attrape des images et des informations au vol. Le reste, je l'invente, comblant les trous, je tente de déployer la narration à partir des éléments épars dont je dispose.

*

L'amour fou triomphe de tout, me répète-t-elle inlassablement, telles des piques qu'elle me lancerait les jours où pour une raison inconnue, elle serait fâchée contre moi. Je ne peux m'empêcher de me sentir petite joueuse d'avoir jeté mon tablier lorsqu'il m'a fallu choisir entre l'avenir avec l'homme que j'aimais et le confort rassurant de ma vie telle que je l'avais bâtie. Les deux jeunes femmes qui habitent désormais nos bavardages ont eu à affronter bien des épreuves, elles.

Ce n'est pourtant ni la montée du nazisme ni l'homosexualité, mais la différence de milieu social qui fut le plus grand obstacle à leur amour, ma petite muse insiste sur ce point. Je suis l'enfant d'un système qui a voulu abolir la classe, d'une société qui s'applique depuis trente ans à faire comme si la question était obsolète, c'est sans doute la raison pour laquelle ce qu'elle tente de me faire voir m'échappe.

Elle se sert du motif à carreaux de sa robe pour dessiner le plan de la ville. D'un doigt tremblant, elle trace le cours de la Spree, délimite les quartiers.

En marchant une demi-heure d'un bon pas vers le nord et en bifurquant légèrement vers l'ouest, après avoir traversé le Ringbahn, on se retrouve au cœur de Wedding. À mille lieues du champagne de la Friedrichstraße, des résilles et des paillettes des cabarets. À l'opposé du vieil argent de Charlottenburg, pourtant mitoyen.

La brique rouge des bâtiments est couverte de suie. C'est un enchevêtrement de ruelles et de courettes, grouillantes d'enfants aux chaussures trouées. Nombreux logis n'ont ni électricité ni eau courante. On mange de la soupe de pomme de terre et de chou, serrés autour des tables dans des cuisines mal éclairées. Dans les fratries, les petits sont scolarisés, les grands vont à l'usine. Les vêtements chauds passent des uns aux autres ; le ou la plus jeune porte « un manteau rapiécé tellement de fois qu'il est presque impossible d'en deviner la couleur et la matière d'origine ».

Souvent, dans ce qu'elle tricote, des expressions, des phrases identiques reviennent. Combien de fois a-t-elle raconté cette histoire à d'autres qui avaient la patience de l'écouter ou à elle-même ? Combien de fois déjà l'a-t-elle écrite dans sa tête ? Quelle est la part du souvenir et celle de la fiction ? Est-il possible d'ailleurs de se raconter sans se mettre à inventer, sans s'y perdre un peu soi-même ? La mémoire est nébuleuse mais la parole, le récit, réclament de la structure. Alors forcément, on affirme, on superpose, aux endroits où la trame se délite.

Le quartier – Wedding – est un immense chantier de construction. La République de Weimar veut des logements plus clairs, plus hygiéniques, pour ses ouvriers. Inspirés par les cités-jardins d'Angleterre, les Cités du modernisme de Berlin ont vocation à devenir un impressionnant complexe de logements sociaux. Bruno Taut, l'architecte au sommet de sa gloire, dessine la Hufeisensiedlung – la cité du fer à cheval – et prône un accès charitable au soleil, à l'oxygène des jardins. Electricité à tous les étages et salles de bains pour tous. La droite proteste que, tout de même, cela semble un brin trop opulent pour les habitudes des gens simples, mais Böss, le maire progressiste, est déterminé à tirer les couches les plus basses de la société vers le haut.

La famille de Lily espérait pouvoir obtenir un nouvel appartement. Le leur était insalubre et trop étroit pour six personnes. (Non, elle-même n'y est jamais allée, il fallait tout de même qu'elles restent discrètes ; dans les quartiers populaires les mentalités n'étaient pas aussi modernes que dans son milieu à elle, sur ces questions-là du moins.) Cependant les Fisher étaient proches les uns des autres, une famille unie dans laquelle on avait appris à se serrer les coudes. Ils s'arrangeaient avec l'exiguïté, les fenêtres qui fermaient mal et les petites pièces sombres. Il suffisait d'être un peu attentif aux autres, solidaire, et on parvenait à trouver la meilleure façon de s'accommoder de ce que l'on avait. Et puis, à plusieurs dans le même lit, on se tenait chaud. Lorsqu'ils ne pouvaient pas dormir, les deux petits adoraient se glisser sous les couvertures de leur sœur qui leur inventait des histoires rocambolesques de souris aventurières parcourant le monde.

Adam, le père, était au chômage. Parfois il louait ses bras encore vigoureux en tant que journalier, mais ça demeurait très irrégulier. Son militantisme au sein du Parti communiste y était sûrement pour quelque chose. Il avait tenu le piquet lors des grandes grèves. On le croisait le dimanche matin distribuant des tracts. Adam avait beau être un excellent tourneur fraiseur, les patrons n'aimaient pas les syndicalistes. Les maigres salaires de Frank, le frère aîné, et de Lily peinaient à couvrir les dépenses du foyer, surtout avec les jumeaux Karl et Lucas qui grandissaient à vue d'œil et qui avaient besoin d'habits neufs à chaque changement de saison.

Ses histoires sont un étrange fouillis, un bric-à-brac dont les différents épisodes naviguent entre Fitzgerald et Gorki. Ce n'est que lorsqu'elle se met à les nommer les uns après les autres que je parviens à me les représenter. Parfois, elle s'y égare, elle dérape, elle dit « mon père » ou « mes frères ». Je me garde bien de le lui faire remarquer, et au fond de moi je me demande si cette famille, elle ne l'a pas en grande partie inventée lorsqu'elle est devenue Lily.

Ilana, la mère, était étrangère. Polonaise un jour, ukrainienne un autre. Elle trouvait de moins en moins de travail en tant que blanchisseuse. De nouvelles machines à manivelle avaient fait leur apparition et, dans les foyers aisés, c'étaient les bonnes qui s'occupaient du linge désormais. Elle faisait également de menus travaux de couture, du raccommodage essentiellement, mais sa clientèle n'était pas beaucoup plus fortunée qu'elle et ça ne suffisait guère pour combler les trous dans le budget familial.

Et Lily ? Oh ! Lily était la personne la plus intelligente qu'elle ait connue dans sa vie. Avec les facilités d'apprentissage qui étaient les siennes, Lily aurait pu devenir maîtresse d'école, avocate ou doctoresse même. Mais après le gymnasium, elle avait trouvé du travail, il était hors de question que ses parents et son frère se saignent pour qu'elle puisse continuer ses études. Ça m'était insupportable, vous savez, me dit-elle, de voir à quel point nous vivions dans l'opulence et à quel point Lily et les siens manquaient de tout. Je piquais des bricoles à la maison, je les vendais, mais Lily ne voulait jamais accepter de l'argent.

*

Leur amour, elles le vivent la nuit. Contrairement à Clara qui, grâce à l'aisance financière familiale, fait ce elle veut, Lily travaille. Clara tourne dans l'appartement, plus rien ne l'intéresse à part les instants qu'elle partage avec Lily. Elle ouvre un livre, met un disque, feuillette un journal, les heures se traînent. Les jours où elles se sont donné rendez-vous, Clara surveille les aiguilles de l'horloge, elle piaffe d'impatience. Elle va à la cuisine, fouille dans les placards, compose des sandwichs improbables avec les restes de repas qu'elle assemble avec beaucoup de créativité ; elle sait que Lily aura faim en terminant sa journée. La bonne ronchonne parce que la jeune fille laisse tout en désordre derrière elle et aussi parce que le garde-manger des Halbron n'a pas vocation à fournir la soupe populaire. Clara s'habille à la va-vite, elle se précipite dehors sans dire où elle va ni à quelle heure elle compte rentrer.

Elle cueille parfois quelques fleurs en chemin, puis presse le pas pour être en avance et se poster devant l'usine. Elle étire le cou et guette l'éclat de la chevelure de Lily dans la marée d'ouvriers aux mines lasses qui en sort. Lily repère Clara également, sa fatigue s'envole, elle court jusqu'à elle. Elles s'enlacent comme si elles ne s'étaient pas vues depuis des mois, alors que ça fait quelques jours à peine. Clara sort les victuailles de sa besace, et Lily rit aux éclats en mordant dans le casse-croûte. « Tu as mis du fromage avec du *Sauerkraut, liebchen,* tu es complètement givrée ! »

Elles cherchent un café où elles peuvent être tranquilles, un banc un peu à l'écart dans un parc, lorsque les températures le permettent. Elles y restent souvent jusqu'à tard dans la nuit, les heures filent à tout allure. Elles parlent, elles ont tant de choses à se dire, à partager. C'est absolument magique, incroyable, comment elles semblent être deux faces de la même personne, l'une terminant la phrase de l'autre, s'amusant des mêmes choses, se mettant en colère pour les mêmes raisons. Ça leur semble inouï à présent, d'avoir jamais pu vivre l'une sans l'autre. Incomplètes.

Elles se prennent les mains, se rapprochent, s'étreignent. Lorsque les nuits sont trop froides, elles vont dans les cabarets. Elles ont découvert ceux où l'on peut voir des numéros de transformistes et travestis – c'est la grande mode à Berlin ces années-là – et où elles se laissent aller à s'embrasser des heures durant. Dans un de ces sous-sols, on finit par les traiter en habituées. On leur offre à boire et à manger parfois, elles sont si mignonnes, si jeunes et amoureuses, ça réchauffe le cœur des artistes sous les paillettes.

Clara a subtilisé une clef du cabinet d'avocats de ses parents, bien pratique parce qu'éloigné des chambres à coucher. Elles s'y glissent sur la pointe des pieds certaines nuits, après que Clara a vérifié que toute la maisonnée est bien endormie. C'est plus commode que les bancs, les cafés et les cabarets, il n'y a que là qu'elles peuvent réellement être seules. Elles envoient valser leurs habits, elles pouffent lorsqu'un sous-vêtement atterrit sur la lampe, la main sur la bouche pour ne pas faire trop de bruit. Elles s'aiment sur le canapé du vestibule et rient ensuite en imaginant les hommes d'affaires empesés qui s'assoiront dessus le lendemain pour discuter de questions si sérieuses. Une ou deux fois, elles se sont endormies sans s'en rendre compte, heureusement que les cris des soûlards dans la rue les ont réveillées, qu'est-ce que ça aurait été si on les avait retrouvées ainsi au petit matin !

Quelquefois, elles restent nues, enlacées, recouvertes de leurs manteaux et elles écrivent ensemble. Comme lorsqu'elles parlent, l'une commence une phrase que l'autre termine. Elles sont tellement proches, tellement reliées qu'elles voient les mêmes images, entendent la même musique. Elles inventent des histoires qui vont changer le monde. Elles rêvent de partir toutes les deux, peu importe où, en Amérique, en Afrique, en Australie, quelque part loin où elles seraient encore plus heureuses qu'elles ne le sont déjà. Elles se promettent qu'elles y arriveront. Qu'elles ne se quitteront jamais.

*

Lorsque je l'interroge sur la suite des événements, la plupart du temps elle fait mine de ne pas entendre ma question. Elle esquive, radote, revient sur des choses qu'elle m'a déjà racontées plusieurs fois. Aussi, il arrive de plus en plus fréquemment qu'elle modifie son récit, qu'elle se contredise. Un jour, ses parents étaient au courant pour Lily, ils l'aimaient beaucoup, tout le monde aimait Lily, elle venait souvent dîner, elles étaient inséparables. Bien évidemment qu'elles se cachaient, me maintient-elle la fois d'après, qu'est-ce que je m'imagine, elles se voyaient très rarement, il leur fallait faire attention, ne surtout pas se donner en spectacle, la terreur avait commencé avant 1933, les brutes du NSDAP patrouillaient même dans les rues, s'en prenaient aux passants, n'ai-je donc rien appris à l'école pour poser des questions aussi idiotes ?

Puis, sans que je m'en rende compte tout de suite, l'agitation s'accroît. Son récit est encore plus parsemé de remarques cryptiques, elle insiste sur le fait qu'elle a vu venir le complot, qu'elle était la seule à le voir. Je ne sais pas si elle fait référence à la montée du nazisme ou au changement d'attitude de son entourage lorsque sa maladie est apparue. Car je suis quasiment certaine qu'elle est apparue à cette période. Dans son monde parallèle les deux se confondent.

Elle a mentionné une fois le passage à tabac d'un couple sur le bord de la Spree dont elles ont été témoins, Lily et elle. Lily lui a mis la main sur la bouche et l'a entraînée à l'abri d'une porte cochère, l'empêchant d'intervenir. Elle m'a dit qu'« ils » ont commencé à lui donner des piqûres à partir de ce moment-là. « Ils » étaient partout, elle avait du mal à s'en sortir toute seule, ses parents étaient complètement aveugles, ils se laissaient manipuler. On l'empoisonnait, on l'empêchait de quitter l'appartement. Le monde entier était devenu dément, mais c'est elle qu'on traitait en folle.

Il m'est impossible de démêler la mémoire du délire. Je fouille dans mes propres souvenirs douloureux, tente de me rappeler comment ça a commencé chez mon père, les premiers dérapages, les premières alertes. Je tire des parallèles hasardeux. Je puise dans ce que je sais, dans les faits historiques et les fictions à ma disposition, pour imaginer à quoi sa vie pouvait ressembler lorsque sa pathologie s'est déclarée.

Dans l'appartement des Halbron, les dîners et les fêtes se faisaient plus rares. Sans doute que l'argent est venu à manquer, même s'il y en avait toujours plus que dans d'autres foyers ; il fallait désormais faire attention, tenir les comptes. J'imagine les clients qui demandaient plus fréquemment des délais de paiement. Parmi ceux qui avaient auparavant fait appel au cabinet de Julia et Simon Halbron pour toutes leurs affaires juridiques, certains ont probablement disparu du jour au lendemain. Maître Halbron tombait sur eux un matin au tribunal et découvrait qu'ils étaient désormais représentés par un confrère. Les uns détournaient le regard, gênés. Les autres mettaient un point d'honneur à venir saluer Maître Halbron, pour que ce dernier puisse voir le brassard du *Nationalsozialistische Deutsche Arbeiterpartei* qu'ils arboraient fièrement.

J'imagine qu'ils restaient de plus en plus souvent jusque tard dans le bureau, Julia et Simon. Qu'ils en fermaient la porte et baissaient la voix pour causer. Que la question se posait, comme pour beaucoup de leurs amis – rester ? partir ? –, et que les Halbron n'arrivaient pas à trancher. Qu'ils savaient qu'il serait plus sage de partir tant qu'ils en avaient encore les moyens. Cependant toute leur vie était là, au premier étage de cet immeuble d'Oranienburger Straße, et il n'était pas uniquement question de biens matériels qu'ils auraient dû abandonner ou de clientèle à bâtir ailleurs en repartant de zéro, mais de leur cercle familial et amical, de leur engagement politique, de tout ce à quoi ils avaient œuvré ensemble.

J'imagine qu'ils se faisaient du souci pour leur fille qui s'était entichée de l'ouvrière de Wedding. Qu'ils se rongeaient les sangs durant ses errances nocturnes. Qu'ils se rendaient compte que Clara n'était plus la même. Elle s'emportait, elle avait de terribles accès de colère, elle semblait ne plus pouvoir se contrôler.

Elle a mentionné un autre incident. À la première de la pièce de Brecht, elle avait reconnu des passages de textes de Lily dans la bouche des acteurs, et ça l'avait mise hors d'elle. Elle tremblait comme si ça avait eu lieu la veille en me disant que Brecht avait pillé les poèmes que Lily lui avait confiés, qu'il était un salaud, un vendu, qu'elle avait voulu lui casser la gueule, mais qu'encore une fois Lily l'en avait empêchée. J'imagine qu'à partir de ce moment-là les Halbron ne laissaient plus sortir leur fille, qu'ils avaient peur que ses esclandres n'attirent l'attention. Qu'ils faisaient venir le médecin pour lui administrer des calmants lorsqu'elle devenait ingérable. Que de se savoir enfermée et l'impossibilité de voir Lily ne faisaient qu'accroître son agitation.

*

Des Halbron, je ne sais que ce que ma muse m'a raconté, ils sont d'étranges personnages que nous avons créés à quatre mains durant ces crépuscules d'hiver, dans la chambre d'hôpital qui abrite nos conversations, mais je m'y suis attachée comme s'il était question de mes proches. Je m'y perds de plus en plus, la frontière où s'arrête le témoignage de ma douce vieille et où commence la fiction est de plus en plus trouble, comme si j'avais fini par être entraînée dans son monde imaginaire, et sa folie aussi, peut-être. Je voudrais me glisser dans le bureau de Julia et Simon, leur dire de boucler leurs valises sans tergiverser, sauter dans trains et bateaux, partir loin, en Amérique, car toute l'Europe ne tardera pas à s'embraser.

Je ne sais pas ce qui me prend de lui confier cela. Ça déclenche une immense colère. Elle s'emporte qu'ils étaient tous des lâches, qu'elle les haïssait, ceux qui fuyaient, les Weill, Brecht, Döblin. Ah ! qu'il était facile de prendre la poudre d'escampette, d'aller aux États-Unis, en Grande-Bretagne, en France, en Palestine, tous des froussards, voilà ce qu'ils étaient, les Mann, Remarque, Zweig. Des traîtres, tous ces petits mecs, les Einstein, Schönberg, Lang, qui s'éclipsaient du jour au lendemain, avec leurs petites familles, leurs petites valises, leurs petits papiers. Elle n'avait pas peur, elle, elle était la seule personne dans cette ville à ne pas trembler de peur, à ne pas accepter de se terrer comme un rat. Elle n'était pas comme tous ces impotents, ces Piscator, Toller, Benjamin. Il n'y avait plus un seul artiste, un seul intellectuel dans ce pays à avoir des couilles, à être un homme.

Ce n'est pas elle qui était malade, c'est eux tous, autant qu'ils étaient. Elle ne comprenait pas ce qu'il était arrivé à sa mère, à son père, elle leur disait qu'il fallait qu'ils se fassent soigner, elle les suppliait, ils ne réalisaient même pas à quel point on leur avait lavé le cerveau, à quel point ils n'étaient plus eux-mêmes. Ils chuchotaient, ils fermaient les portes à clef, ils se comportaient en conspirateurs. Elle luttait contre l'effet des calmants, elle se débattait comme une forcenée. Depuis ce temps-là elle déteste les piqûres, qui rendent ses membres cotonneux et embrouillent sa tête, alors qu'elle avait besoin d'être alerte de corps et d'esprit. Elle était la seule capable de voir les dangers qui les guettaient. On les surveillait, l'étau se resserrait autour d'eux, comment ses parents pouvaient-ils être aveugles à ce point ? Le docteur Cohen, Frieda la bonne, le nouveau facteur, tous se sont ligués contre eux. Personne ne la croyait malgré les preuves – le docteur qui lui injectait ses saloperies, la bonne qui avait volé son carnet dans lequel elle avait tout noté, le facteur qui demandait un verre d'eau pour pouvoir rentrer et fureter dans l'appartement. Si au moins elle avait pu sortir, aller trouver Lily. Lily aurait tout de suite su qu'elle disait la vérité et elle l'aurait aidée. Mais elle était trop faible pour agir seule, trop assommée par le poison qu'on lui administrait. À chaque fois qu'elle avait tenté de s'échapper, quelqu'un lui avait barré le chemin. Elle savait que ses parents ne lui voulaient aucun mal, qu'ils ne se rendaient pas compte qu'on les manipulait, agissant exactement comme « ils » le voulaient.

Pas moyen de changer de sujet, de l'apaiser. Je tente de la ramener vers la poupée, les robes, le scintillement de la vie culturelle, mais ça ne fonctionne plus, elle persiste à s'épuiser dans une fébrilité grandissante. Je me sens coupable de l'avoir entraînée sur ce terrain. Mes visites, nos causeries lui faisaient du bien au début, puis j'ai voulu fouiller plus loin, l'amener à me raconter ce qu'elle évitait; je n'aurais jamais dû la pousser, l'interroger. Je fonds en larmes en repartant, je me fais l'effet d'un monstre. La cerbère en sabots me console et m'assure que je n'y suis pour rien, que c'est la pathologie qui est ainsi, il y a des phases tranquilles et des phases tourmentées, on ne peut jamais savoir ce qui va les déclencher, pourquoi soudain Mme Lily bascule de l'un à l'autre. Souvent il faut des semaines, parfois même des mois, pour ajuster les dosages du traitement. Elle me tapote l'épaule, vous savez bien comment c'est, vous en avez l'expérience avec votre papa, et Mme Lily c'est plus compliqué encore. C'est seulement un mauvais moment à passer. Il suffit de laisser Mme Lily se reposer, la prochaine fois elle aura tout oublié.

*

La semaine suivante, depuis le couloir déjà, je l'entends. Elle ne crie pourtant pas, c'est une rumeur continue qui provient de sa chambre, un acouphène, une note dissonante qui ne semble pas vouloir s'interrompre. Lorsque j'entre, elle se tient dos à la porte, elle ne m'entend pas la saluer, elle jette un œil par-dessus son épaule mais son regard passe à travers moi, comme si je n'avais aucune consistance. Pour la première fois depuis que je la connais, elle est encore en chemise de nuit, en plein après-midi, pieds nus, les cheveux en bataille. Elle pèse moins de cinquante kilos mais une force démente se dégage de son corps. Je n'ose pas l'approcher. Elle n'est plus là, elle est dans un autre temps, un autre lieu.

Je m'assieds au bord du lit, hypnotisée par la scène à laquelle j'assiste. Les quelques meubles ont été déplacés, la chambre apparaît encore plus sordide qu'en temps normal. Elle parle à quelqu'un qu'elle est la seule à voir, quelqu'un de tapi dans le coin entre le radiateur et l'armoire, quelqu'un dont elle se rapproche à petits pas, vers qui elle tend la main. L'allemand et le serbo-croate s'entremêlent, je ne saisis que des bribes de ce qu'elle dit. Je ne la reconnais pas, le timbre de sa voix, sa façon de se déplacer, ses gestes, tout est complètement différent. Elle délire, je devrais aller chercher l'infirmière, mais je suis incapable de bouger, complètement tétanisée par ce dont je suis témoin.

Soudain je réalise que c'est à elle-même qu'elle s'adresse, puisqu'elle ne cesse d'appeler Clara, qu'elle la supplie d'ouvrir les yeux et de la regarder, en l'enveloppant de mots d'amour et d'une infinie tendresse. Elle est en train de revivre quelque chose, un événement qui a eu lieu, sauf qu'elle n'est plus la jeune fille prostrée et catatonique qu'elle a dû être à ce moment-là. Elle se comporte comme si elle était Lily venue secourir Clara.

Je parviens à m'arracher à ma morbide fascination, mes jambes chancellent lorsque je me lève et que je sors sur la pointe des pieds pour aller chercher de l'aide. J'attends dans le couloir pendant que les infirmières s'emploient à la maîtriser, le bruissement monocorde s'est transformé en hurlements d'enfant en proie à une terreur immense.

Le médecin de garde sort de la chambre, il m'informe que Mme Lily va dormir maintenant, que c'est de cela qu'elle a besoin, qu'il consultera son chef pour réévaluer le traitement. Il me propose un verre d'eau et un calmant, me demande si je suis de la famille et, sans même y penser, je hoche la tête. Il me dit qu'il vaut mieux laisser passer quelque temps, il faut vraiment qu'elle se repose, mais que je n'hésite pas à appeler pour prendre des nouvelles. On me tiendra au courant.

*

Après les tempêtes, Clara est plongée dans de longues phases de mutisme. Atone et inerte, elle refuse de s'alimenter, de se laver. Au petit matin, on la trouve cachée sous son lit. Le docteur Cohen dit qu'il faut qu'elle dorme, pour que dans le sommeil l'inconscient fasse son œuvre, mais il semblerait qu'elle refuse de lâcher prise, qu'elle ne cesse de lutter, comme si elle avait peur que si elle s'abandonnait à l'obscurité, jamais elle ne pourrait en revenir.

Désespérés, les parents envoient chercher Lily. Et c'est miraculeux, car Lily entre dans la chambre et Clara lève les yeux du point au sol qu'elle ne cessait de fixer jusque-là. Lily s'adresse à Clara comme elle le ferait face à un animal sauvage rencontré au milieu d'une clairière, un renard ou une biche. Elle s'approche tout doucement sans cesser de lui parler, c'est moi, regarde ma douce, c'est moi avec le pantalon de mon père retroussé et tes bottines imperméables, elle se dirige vers Clara tapie dans le coin en imitant la démarche de Chaplin, et depuis l'embrasure de la porte, Julia et Simon n'en croient pas leurs yeux, car on dirait que quelque chose étire légèrement les lèvres de leur fille, c'est une grimace douloureuse plus qu'un sourire, mais tout de même, Clara laisse Lily passer la frontière de son monde et venir jusqu'à elle. Les Halbron reculent un peu, ils restent dans le couloir à écouter.

Oh là là! ce que tu sens mauvais, ma petite lumière, mon étoile, qu'est-ce qui t'es arrivé, mon putois adoré? Tu as trouvé la parade je vois, s'ils venaient maintenant, les porcs, rien que ton odeur les terrasserait. Un son étrange s'échappe de la gorge de Clara, un hoquet qui ressemble à un début de rire. Il faut vraiment que je t'aime plus que tout, plus que l'air dans mes poumons, pour que je vienne te câliner dans l'état où tu t'es mise. Lily caresse les cheveux gras et embrasse les cernes. Tu accepterais de le faire pour moi, ma petite lumière dans le ciel, tu accepterais de te lever et qu'on aille se laver, dis? Des chuchotements. Non, nous ne sommes pas obligées de le faire tout de suite, bien sûr que non, nous allons rester comme ça toutes les deux, enlacées, le temps que tu voudras et puis tu me diras quand tu sentiras que tu en as la force, d'accord? Viens, pose ta tête là, voilà, on n'est pas bien comme ça, toutes les deux? Lily la serre dans ses bras en lui chantant une berceuse inventée, elle lui murmure à l'oreille des mots qui font rire Clara, lui pose des questions auxquelles Clara répond. Julia et Simon pleurent dans le couloir.

Ce que tu es maigre, mon petit rat, regarde-moi ces côtes saillantes, alors que tu étais si joliment grassouillette lorsque nous nous sommes rencontrées, tu étais un vrai petit beignet mon étoile, tu te souviens? Et maintenant, tu te rends compte, je peux te soulever comme si tu étais une enfant. Lily enlève la chemise de nuit souillée de Clara, elle lui frotte le dos de ses paumes rugueuses pour la réchauffer, embrasse les clavicules saillantes. Elle la lave, l'essuie, la poudre, démêle ses cheveux, lui enfile un pyjama propre. Julia en a profité pour changer les draps et faire chauffer de la soupe, que Lily fait boire à Clara. Une cuillère pour Lily, une cuillère pour maman, une cuillère pour papa, maintenant un baiser, et puis on recommence. Clara a une faim de loup soudain, elle termine le bol et en réclame un second et encore du pain aussi. Doucement mon ogresse, doucement, tu vas te rendre malade si tu en manges trop d'un coup, regarde ce que nous avons fait, nous en avons mis plein les draps propres. On pourrait dormir un peu, puisque que nous sommes propres et rassasiées, qu'est-ce que tu en penses ? Dis-moi ce que tu veux, je ferai tout comme tu veux, tu le sais ça, que je ferai tout pour toi ? Ta poupée, mais bien sûr, elle va dormir avec nous. Seigneur qu'elle est laide, avec ces yeux globuleux ! Mais on s'en fiche, nous deux nous sommes belles, et bonnes, alors on peut bien accepter ce laideron dans notre lit. Elle rit, Clara, elle rit comme elle riait avant. Elles restent ainsi sous les couvertures, soudées, à se parler, se dire des mots d'amour, jusqu'à ce que la tête de Clara finisse par lâcher prise, que son ventre plein, la chaleur de l'étreinte de Lily et l'épuisement gagnent la partie et qu'elle s'endorme.

Lily embrasse encore les lèvres gercées, les cernes bleutés, les cheveux ternes. Elle regarde Clara encore, longuement, comme pour en imprimer l'image sur sa rétine. Sur la pointe des pieds elle sort de la chambre et va retrouver Julia et Simon au salon. Elle vacille soudain, la douleur la frappe de plein fouet, Simon bondit pour la rattraper et l'aide à s'assoir. Vous devez avoir faim, vous aussi, dit Julia, pardonnez-nous de ne pas y avoir pensé plus tôt, nous étions si inquiets pour Clara. Il reste un peu de soupe je crois, et du pain, et il doit même y avoir un bout de fromage quelque part, attendez, je vais vous chercher ça, il faut que vous mangiez aussi. Lily dit que non merci, qu'elle ne serait capable de rien avaler, mais si elle pouvait avoir un verre d'alcool fort, n'importe lequel, elle leur en serait reconnaissante.

Ses mains tremblent, sa voix aussi, elle lutte contre les larmes. Il faut que vous la fassiez partir. Je sais que vous avez encore les moyens de l'organiser, je vous en supplie, ne tardez pas trop. Il faut lui trouver de faux papiers et la confier à quelqu'un, vous devez en avoir, des relations qui vous sont redevables, en qui vous avez confiance. Il faut la faire partir, vite, la mettre à l'abri, et la rejoindre dès que ça vous sera possible. Mais il ne faut jamais lui dire que c'est moi qui vous l'ai demandé, jamais. Il ne faut pas qu'elle le sache, elle ne me le pardonnerait jamais. Dites-lui que j'ai tout fait pour la garder auprès de moi, ou que je n'étais au courant de rien, ou que j'ai voulu l'accompagner mais qu'on m'en a empêchée. Mentez, dites ce que vous voulez, mais je veux qu'elle parte en se souvenant que je l'aime plus que ma vie, qu'elle parte convaincue que jamais je ne l'aurais trahie.

Simon raccompagne Lily en voiture à travers la ville, la violence des rues est inouïe. Il pleure en la serrant dans ses bras, Lily pleure aussi avant de dire « Allons, allons », tout ça finira bien par passer un jour, ça finira par s'arranger.

*

Cette séquence, je l'ai inventée. Je n'ai jamais réussi à savoir ce qui s'est réellement passé. En essayant de relier entre elles les bribes que Mme Lily m'a livrées, j'ai compris que ses parents avaient dû la confier à quelqu'un – un proche ou un inconnu – qui s'en allait en France. Pourquoi ne sont-ils pas partis avec elle ? Prévoyaient-ils de la rejoindre ? Quel sinistre enchaînement d'événements les en a-t-il empêchés ? Je ne le saurai probablement jamais.

Elle a mentionné à plusieurs reprises qu'on l'avait droguée, qu'on lui avait menti en disant qu'elle partait retrouver Lily, que lorsqu'elle s'était rendu compte que ce n'était pas le cas, elle avait essayé de revenir à Berlin, mais qu'on la tenait enfermée. Elle avait tenté de s'échapper plusieurs fois, mais jamais elle n'y était parvenue. Je n'ai pas les moyens de le confirmer, mais je crois qu'avant la guerre, elle avait passé des années dans une institution en France ; c'est l'idée que je me suis faite en tout cas, d'après les éléments que j'avais. Mais peut-être que l'enfermement auquel elle a fait référence se confondait avec les années de guerre qu'elle a dû vivre cachée dans un village du Sud, il me semble qu'elle a mentionné une ou deux fois la fenêtre d'une chambre sous les toits qui donnait sur le large, tableau changeant de ciel et de mer, une chambre et une fenêtre qu'elle aimait beaucoup parce qu'au moins, là, elle pouvait respirer. Elle a également mentionné la Suisse, des montagnes traversées à pied et des nuits à ciel ouvert, d'autres gens avec elle, un bébé qui pleurait et qu'elle a porté parce que la mère était épuisée. Le seul élément de son récit qui n'a jamais changé est qu'à la Libération elle s'était trouvée à Trieste et qu'elle y avait rencontré des partisans yougoslaves. Puisque depuis 1945 elle a vécu à Belgrade, je me dis que cet élément au moins est probablement fiable, même si lui aussi comporte son lot de fantaisie, avec un officier qui l'aurait hissée sur son cheval blanc, scène me paraissant peu crédible au milieu de la folie qui devait régner à Trieste à la toute fin de la guerre.

J'ai mis des semaines à me défaire du profond malaise que m'a laissé l'épisode auquel j'ai assisté la dernière fois que je l'ai vue. Je me sentais étrangement responsable de Mme Lily, elle m'avait invitée dans son monde et je n'ai pas su prendre soin d'elle comme j'aurais dû. La fascination pour son histoire avait pris le pas sur le reste, et de cela, j'avais honte. Je me faisais l'effet d'un chacal venu piller les trésors d'une mourante. À d'autres moments, je me rappelais sa joie lorsque je venais lui rendre visite, à quel point elle s'illuminait lorsqu'elle se mettait à dérouler ses souvenirs, combien cela paraissait important pour elle de pouvoir le raconter à quelqu'un.

J'appelais régulièrement pour prendre de ses nouvelles, on me tenait au courant des bons et mauvais jours, on me rassurait sur le fait que je n'y étais pour rien dans la progression de son délire, tout en me conseillant de ne pas venir, de la laisser tranquille quelque temps.

J'en suis venue à douter de l'existence de Lily, la « vraie », l'amoureuse, à me demander si ce n'était pas un alter ego que Clara avait fabriqué lorsqu'elle avait commencé à sombrer. Lily qui venait à son secours quand elle était dépassée et qui est devenue son identité au moment où il lui a fallu en choisir une, à Trieste. Le médecin de garde présent lors de ma dernière visite m'a dit que Mme Lily était schizophrène paranoïde, et que si les troubles dissociatifs était beaucoup plus rares que la littérature ou le cinéma nous le faisaient croire, ça arrivait parfois. On ne pouvait pas vraiment savoir, avait-il dit en haussant les épaules. On ne pouvait pas non plus prévoir quel événement déclencherait la spirale du délire.

*

Ce n'est qu'au printemps, lorsqu'ils l'ont laissée rentrer chez elle, que je l'ai revue. J'ai décidé de sacrifier ma dernière bouteille parisienne, du très bon armagnac, pour attendrir le camarade-docteur-professeur. Mon amie Svetlana m'avait conseillée d'y joindre une enveloppe avec des devises afin d'être certaine de lui délier la langue, mais je gardais mes dollars et mes Deutsche Marks pour les voyages futurs. La bouteille, c'est exprès que je ne l'ai pas emballée (je n'en étais pas à un degré de vulgarité près), je tenais à ce qu'il se rende immédiatement compte qu'il était question d'un alcool français et cher. Du 12 ans d'âge que votre palais saura certainement apprécier à sa juste valeur, cher professeur. Comme je m'y attendais, il me l'a presque arrachée des mains, l'a rangée rapidement dans un des tiroirs de son bureau et il est devenu tout miel.

Tant qu'elle continuait à suivre le traitement qu'il lui avait prescrit, il n'y avait pas d'inquiétude à avoir, pérorait-il. Mme Lily était tout à fait capable de vivre seule, qu'il décrétait. Une voisine jetait un œil de temps en temps, c'est elle d'ailleurs qui avait appelé les urgences lorsqu'il a fallu l'hospitaliser la dernière fois. Je n'ai même pas eu à manœuvrer pour obtenir l'adresse ; dans un geste magnanime il m'a tendu la feuille sur laquelle il l'avait notée avant de me raccompagner à la porte, laissant sa main s'attarder quelques centimètres plus bas que ma taille. Mon seul regret est que je n'aurai plus l'occasion de profiter de votre ravissante présence, m'a-t-il dit avec un clin d'œil de vieux beau. Il ne manquait plus que le baisemain baveux que, grâce au ciel, il m'a épargné. J'en aurais vomi, mais je me suis vautrée en remerciements à la place.

Mme Lily habite dans un de ces immeubles d'avant-guerre du centre-ville qui en jettent. Des résidences bourgeoises dont les appartements ont été confisqués puis morcelés après 1945, afin d'y loger les milliers de sans abri qui ont afflué à Belgrade à la Libération. Une seule chambre, plutôt grande. La salle de bains et la kitchenette ont été improvisées dans ce qui fut auparavant un couloir ou un débarras ; pas de fenêtre et, au sol, un affreux linoléum posé de travers. Mais la pièce principale est lumineuse, le parquet ancien, le plafond haut. Une armoire bloque un battant de la fenêtre de gauche, le divan-lit est recouvert de coussins et de couvertures à la propreté douteuse, au centre trône une table de salle à manger trop grande pour l'endroit. Elle me confirme que le tapis, magnifique même si usé jusqu'à la trame, ainsi que le lustre, étaient à « eux », les anciens propriétaires de l'immeuble entier, qui ne jouissent plus que d'une partie de l'appartement, dont le studio de Lily a été amputé. Elle me dit qu'ils l'espionnent, qu'ils passent leur temps l'oreille collée au mur mitoyen. Sauf qu'elle n'est pas née de la dernière pluie, et quand elle reçoit de la visite, elle met la radio très fort ; ils peuvent se gratter pour parvenir à comprendre ce qu'elle raconte. Dans un coin, deux gazinières probablement hors d'usage. Des livres en langues étrangères sur des rayonnages poussiéreux, des piles de papiers, une machine à écrire. Une authentique Underwood comme on en voit dans les films en noir et blanc.

J'ai essayé d'appeler avant, mais sans surprise, elle ne répond pas au téléphone. Alors j'ai acheté des pivoines et j'y suis allée, la crainte au ventre. Je ne sais pas si sa joie de me voir est sincère ou si elle fait semblant pour m'embobiner, mais moi, je suis si heureuse de la retrouver, souriante et bavarde telle qu'elle était lorsque je l'ai rencontrée. Nous ne parlons pas de son séjour à l'hôpital, je ne lui pose aucune question sur Lily, nous nous en tenons au quotidien, le temps qu'il fait, les émissions de variétés, le film qui se joue dans cette nouvelle salle. Je lui propose des places de théâtre, je peux lui en avoir pour toutes les pièces de la saison, est-ce qu'elle aimerait qu'on sorte parfois ensemble ? Avec plaisir, dit-elle, dès qu'elle aura une soirée de libre, et je me garde bien de l'interroger sur ce qui la tient si occupée.

Je lui laisse mon numéro, j'insiste pour qu'elle m'appelle si elle a besoin de quoi que ce soit. J'ai un gros doute concernant la voisine qui soi-disant jette un œil de temps en temps, je crois qu'il n'y a personne, ni famille ni amis. Je me demande si elle mange, comment fait-elle pour monter les courses, à quoi occupe-t-elle ses journées. Je pourrais lui trouver une femme de ménage, des gars pour débarrasser les gazinières et une partie du fouillis qui encombre son appartement, quelqu'un qui viendrait prendre soin d'elle au quotidien, mais je n'ose rien proposer de crainte de la brusquer. Il me faut avancer à petits pas, trouver comment l'aider sans la bousculer. En repartant, je m'empare quand même des quatre poubelles qui sont là depuis Dieu sait quand, et pour lesquelles elle m'explique longuement que quelqu'un d'autre, sans doute « l'un d'eux », les y a entreposées pendant son absence. Elle pensait les descendre mais elle a été très prise par des affaires dont elle ne peut pas me parler. Il me semble évident que le traitement du camarade-docteur-professeur, elle l'a envoyé valser dès qu'elle est rentrée à la maison.

Je passe de temps en temps, j'apporte des fleurs, des gâteaux. Je vois bien qu'elle ne se nourrit que de pain et de pâté, alors je ne lésine pas sur les œufs et les fruits dans mes pâtisseries, je lui laisse des tomates dans le saladier et me réjouis lorsque je vois la fois d'après qu'elle en a mangé quelques-unes. Elle ne veut pas entendre parler d'aide-ménagère, je n'insiste pas, je ruse pour passer un coup de balai ou d'éponge lorsque je lui rends visite. Nous faisons des projets de sorties, théâtre, musée, promenade, mais elle trouve toujours le prétexte pour les annuler, ses rhumatismes, une migraine, des affaires importantes dont elle doit s'occuper. Je parviens à faire venir une coiffeuse une ou deux fois, à prendre son linge pour le laver chez moi.

Je l'informe que je dois m'absenter, un déplacement professionnel pour quelques jours, je viendrai la voir à mon retour. J'évite de lui préciser où je me rends. Dans le tramway du retour, je réalise que sa vie actuelle est à l'image de ce qu'est devenue sa ville de naissance : scindée par des gratte-papier et des hommes en uniforme, peuplée par des gens qui se méfient de ceux de l'autre côté du mur.

*

Lorsque j'ai eu vent de ce projet de documentaire sur le travail de mémoire en RFA, j'ai sauté dessus. Il a fallu se battre. Dès qu'une possibilité de déplacement à l'étranger se présente, tout le monde veut être sur le coup car les per diem en devises dépassent largement le salaire. C'est surtout l'occasion d'aller refaire sa garde-robe. Dans les passages souterrains de Belgrade, les Rroms vendent à la sauvette des Levi's, des parfums et des sous-pulls qui ne grattent pas, mais les prix de la contrebande de Trieste restent salés. Bref, pour me faire embaucher sur ce documentaire, ce n'était pas gagné. La télé avait prévu d'envoyer ma collègue germaniste, mais celle-ci est censée se marier aux mêmes dates et elle n'a pas pu décaler les noces que ses futurs beaux-parents organisent depuis des mois. Je ne sais pas comment j'ai réussi à convaincre les huiles que mon allemand n'était pas aussi rudimentaire qu'ils le croyaient (en vérité, il se limite à *Ich liebe dich*, *Natürlich*, *Guten Tag* et *Achtung*) et que l'association de mon parfait anglais et de mon français honorable ferait l'affaire, puisqu'il était bien connu que les Allemands étaient tous parfaitement polyglottes. Je ne me serais jamais crue capable de mentir aussi éhontément.

Ce n'est pas que je meure d'envie de me fader deux jours de Munich, deux jours de Stuttgart, deux jours de Düsseldorf, et j'ai déjà des armoires pleines de sapes, mais deux jours à Berlin sont également prévus. Finalement, le projet s'avère plus intéressant que je ne l'aurais cru. J'en rentrerai complètement bouleversée.

Nous tournons dans plusieurs classes de lycée, et je suis absolument fascinée par ces adolescents qui se lèvent et disent face caméra : Je m'appelle Hans – ou Klaus – ou Gerty, j'ai 17 ans – 16 ans – 18 ans, et mon grand-père maternel était nazi – mon grand-père paternel était officier SS – mon grand-père était garde à Dachau. Même sans parler allemand je comprends ce qu'ils disent, et ils disent tous ça. Certains pleurent, d'autres ont une voix blanche, ils énoncent des faits. Bien sûr, chez nous, j'ai déjà entendu des gens dire que dans leur famille, il y a eu des Tchetniks –, et beaucoup plus rarement, des Oustachis – mais pas de la même façon, pas avec la même intention. Chez nous, ces choses-là, on les dit à voix basse, dans des conversations privées, jamais face à la caméra d'une équipe de télévision étrangère. Jusqu'à ce que j'entre dans ces classes, dans mon esprit les Allemands n'étaient qu'une masse informe, grise, de grosses dondons tartinées d'huile solaire qu'on voyait sur les plages l'été, et s'il était évident qu'on ne devait pas leur tenir rigueur des horreurs perpétrées par la génération précédente, on ne pouvait pas leur faire entièrement confiance non plus. Je ne saisis pas tout de ce que ces gamins racontent, les professeurs me traduisent parfois des bouts, souvent d'ailleurs dans un français bien meilleur que le mien, mais la honte, la douleur sont palpables. Dans un établissement de Düsseldorf, une jeune fille attend que tous ses camarades passent, elle se lève en dernier. Elle serre les poings et tente de maîtriser le tremblement de sa mâchoire. Elle est ravissante, pâle et grave. Je n'ai pas besoin d'interprète pour comprendre ce qu'elle dit : « En 1933 mon grand-père paternel n'était pas nazi, il s'est enfui au Danemark, il n'est revenu qu'après la guerre. Mon grand-père maternel n'était pas nazi non plus, il a été déporté à Buchenwald en tant que communiste, et ma mère qui était petite n'a pas eu le temps de le connaître. » *Danke schöne*, elle se rasseoit. Je pense à Lily, forcément. Aux deux, à la vraie Lily et à celle qui fut Clara.

Puis, on nous propose d'aller voir une répétition du Tanztheater à Wuppertal. Pina Bausch, d'une maigreur squelettique, les longs cheveux raides noué dans un chignon sur la nuque, est assise quelques rangs devant nous. Je crois que je passe plus de temps à l'observer, elle, qu'à suivre la chorégraphie. Elle fume, marque le tempo de son menton et laisse échapper un petit rire de temps en temps, s'amusant de la facétie de ses danseurs. Je vois Clara et Lily dans chaque jeune fille de la salle, dans chaque chevelure dorée. Je chute dans un interstice du temps, j'ai l'impression d'être à la répétition de Brecht, d'assister à leur rencontre.

C'est pour voir Berlin que je me suis incrustée dans ce projet, mais finalement, ça a été comme dans la scène d'ouverture de ce film magnifique où la voix masculine répète « Tu n'as rien vu à Hiroshima. Rien. Tu n'as rien vu à Hiroshima ».

Je n'ai rien vu à Berlin, rien ou presque. Le Berlin de Clara et Lily n'existe plus, il est dans les gravats du *no man's land*, derrière le haut mur couvert de graffitis.

J'ai essayé de négocier avec notre consulat pour passer à l'Est ne serait-ce qu'une journée, mais on ne pouvait pas l'organiser en si peu de temps, c'était trop compliqué. Au consulat personne n'avait l'air de comprendre pourquoi je tenais tant à m'y rendre, tout ce qui valait la peine d'être vu était de ce côté-ci du mur. Ils m'ont recommandé des salons de thé à Charlottenburg, les grands magasins où je trouverais des bottes fourrées en soldes, et même d'aller faire un tour – mais pas toute seule – du côté de Bahnhof Zoo, si en tant qu'écrivaine j'avais besoin d'émotions fortes.

Je n'avais que peu de temps libre pour tenter de retrouver des traces. J'ai suivi ce qu'il reste de la Friedrichstraße vers le sud, j'ai marché des heures jusqu'à Kreuzberg, mais je n'ai rien vu de Berlin, rien. Deux *Gastarbeiter*[1] yougos m'ont prise pour une Allemande et ont fait des remarques salaces lorsque je suis passée à leur hauteur. Je n'ai pas pu m'empêcher de leur crier de retourner au con de leur mère, ce qui a déclenché une grande hilarité en retour. J'ai sué pour m'en débarrasser ensuite, ils voulaient me faire faire la tournée de nos bistrots à nous.

À Wedding non plus je n'ai rien vu. C'est un quartier qui paraît relativement neuf (même si je sais que la plupart des logements sociaux datent du début du siècle), peuplé d'ouvriers turcs. Il reste quelques bâtiments industriels en brique rouge, les rails de la petite ceinture, des passages et courettes où des hommes moustachus en maillot de corps blancs jouent au backgammon et discutent en buvant leur café comme on le fait chez nous.

Je ne cessais de me dire que « la vraie » Lily était peut-être encore en vie, je levais les yeux vers les façades et l'imaginais derrière une des fenêtres. J'imaginais une vieille dame dans une petite cuisine, la télévision en fond sonore, une vieille dame en pantalon d'homme qui songe encore à ce qui a eu lieu quarante ans plus tôt. Qui dans un cahier d'écolier écrit des poèmes pour son amour disparu. J'ai même regardé dans le Bottin, il y avait deux pages de

1 Les *Gastarbeiter* sont les travailleurs étrangers ou migrants, venus en Allemagne de l'Ouest entre 1955 et 1973, dans le cadre du programme officiel des « travailleurs invités ».

Fisher, des Elisabeth, des Marie, des Ulrike, mais aucune Lily. Je me disais que je reviendrais dans cette ville bientôt, que je me ferais aider par quelqu'un qui parle allemand, que nous appellerions tous les Fisher que nous pourrions trouver, les uns après les autres, et qu'en nous obstinant nous la retrouverions.

Je n'ai rien vu de Berlin, rien.

*

À mon retour je n'ai pas eu le temps d'aller rendre visite à Lily comme je le lui avais promis. J'étais empêtrée jusqu'au cou dans l'écriture de la voix off de ce documentaire – ça m'apprendra à mentir sur mes compétences – puis j'ai eu à m'occuper de mon père, et les péripéties de ma vie amoureuse me rendaient irritables ; un mois ou deux se sont écoulés sans que je les voie passer. J'ai essayé d'appeler plusieurs fois, mais bien évidemment, ça sonnait dans le vide. Lorsque j'ai finalement trouvé un moment de libre, j'ai appris qu'elle était morte une quinzaine de jours plus tôt.

C'est « l'une d'eux » qui m'en a informé, quelqu'un de la famille dont l'appartement a été morcelé pour loger Mme Lily, une jeune fille en jeans pattes d'eph brodé de grosses fleurs, lycéenne sans doute, qui a entrouvert sa porte en m'entendant sonner à celle d'à côté. Le cœur qui a lâché probablement, la jeune fille n'était pas sûre. Elle a haussé les épaules : « Mme Lily n'avait pas toute sa tête, elle oubliait souvent de prendre ses médicaments. Un sale caractère, a-t-elle poursuivi, mais je l'aimais bien. Les bons jours, elle me glissait un billet pour une glace, et parfois je lui faisais les courses. » La jeune fille m'a dit où Mme Lily était enterrée. Ce sont eux, les voisins dont elle se méfiait, qui s'en sont occupé, puisque aucune famille ne s'est jamais manifestée. L'appartement serait vidé la semaine prochaine et elle allait demander à sa mère de me donner la clef, s'il y avait des objets personnels que je souhaitais récupérer.

Je suis revenue un dimanche matin. Je me suis enfermée chez elle, j'ai pleuré de tout mon soûl assise par terre, le dos au mur. Je n'ai pas eu le cœur à fouiller dans ses affaires, elle aurait détesté ça. J'ai décidé de prendre l'Underwood et un disque de Mahler, la *symphonie n° 3* dont elle m'a dit plusieurs fois qu'il était son morceau préféré. J'ai pris également les *Lettres à un jeune poète*, en allemand, que j'ai trouvé sur sa table de chevet, me souvenant de l'avoir vu dans sa chambre à l'hôpital.

Des mois après, dans mon nouvel appartement, alors que je déballais enfin mes bouquins pour les ranger dans ma magnifique bibliothèque faite sur mesure, je suis retombée sur le recueil de Rilke. En le feuilletant, j'ai trouvé la photo glissée entre les pages. Celle-là même dont elle m'avait dit qu'elle l'avait perdue quelque part dans le sud de la France ou en Suisse. Deux jeunes femmes blondes en costumes de cabaret, plumes et lamé, enlacées.

*

Les Halbron ne reverront jamais leur fille. À quel moment et de quelle manière ils disparaîtront, impossible de le savoir avec certitude mais si tragiquement facile à imaginer. Peut-être qu'ils auront tenté de rejoindre Clara, mais que l'argent aura fini par manquer. Ou bien, comme tant d'autres, ils auront attendu trop longtemps, ils auront trop longtemps voulu croire que tout rentrerait dans l'ordre, que cette folie qui s'était emparée de leur pays ne pouvait durer éternellement. À quel moment seront-ils pris ? Seront-ils envoyés à la mort ensemble ou les aura-t-on séparés immédiatement ? Réussiront-ils à s'accrocher jusqu'au bout à l'idée que leur fille au moins était à l'abri et à en tirer consolation ?

Qui s'installera au premier étage de l'immeuble de Oranienburger Straße après qu'on les aura emmenés, qui mangera dans leur vaisselle, boira dans leur cristal, dormira dans leurs draps en coton d'Égypte ? Sera-ce un de leurs anciens clients, un voisin, une connaissance qui dix ans plus tôt était régulièrement invitée à leur table, ou un inconnu ? Quels bûchers leurs livres, leurs disques, leurs toiles « d'artistes dégénérés » alimenteront-ils ? Ou au contraire, aura-t-on mis leurs possessions en lieu sûr pour en obtenir au bon moment le meilleur prix possible ?

Leurs noms seront écrits quelque part, sur un mur, dans un mémorial, au milieu d'une liste infinie, mais plus tard. Ce n'est que plus tard qu'ils auront droit aux procès, aux livres d'histoire, aux discours et aux kaddish. Plus tard, des adolescents français, italiens, yougoslaves, insouciants et chahuteurs, passeront devant ces murs, ces listes, ces stèles, lors d'un quelconque voyage scolaire. Certains parmi ces adolescents réprimeront des bâillements en espérant que la visite sera bientôt finie. D'autres seront saisis par la taille du mur, par le nombre de noms, ils seront bouleversés, pour toujours transfigurés d'avoir posé un jour, lors d'un voyage scolaire quelconque, leurs yeux sur ces stèles, sur ces murs, sur ces listes infinies.

Clara ne reverra jamais Lily. Peut-être que Lily sera également déportée, qu'elle portera un triangle rose, qu'on la poussera dans les mêmes trains que ceux qui ont englouti les Halbron, dans les mêmes wagons à bestiaux empestant la faim et la peur. Peut-être qu'elle en réchappera, que par on ne sait quel miracle elle arrivera à en réchapper, s'accrochant au désir de revoir Clara un jour, à la foi aveugle qu'elles se retrouveraient, pour finalement périr dans le fracas des bombes alliées. Peut-être qu'elle aura trouvé un abri, que même aux bombardements elle aura réussi à survivre, qu'elle aura survécu assez longtemps pour assister à la défaite du Reich en rêvant toujours aux retrouvailles avec Clara. Peut-être qu'elle aura réussi à survivre à tout, jusqu'à la rencontre avec des soldats de l'Armée rouge ivres d'une victoire qui a mis tant d'années à venir, et qu'alors que tout sera fini enfin, alors que l'horreur sera derrière, les bêtes passeront sur son corps au milieu des décombres de la ville, avant de l'abandonner là, à se vider de son sang, la sale pute boche.

Clara, elle, on le sait, survivra. Comment, par quels moyens, avec l'aide de qui, protégée par quelle étoile, on ne le sait pas, mais elle survivra. D'Allemagne, elle sera envoyée en France. De France elle passera en Suisse. Pourquoi et comment elle aura quitté la Suisse pour se retrouver à Trieste à la fin de la guerre, on ne le sait pas plus. On sait juste qu'elle y a croisé des partisans yougoslaves et qu'elle les a suivis. Qu'elle leur a dit être née le 31 décembre 1910 à Berlin, s'appeler Lily Fisher et être une ouvrière, membre du Parti communiste, ayant réussi à quitter l'Allemagne nazie lorsque c'était encore possible.

Elle survivra parce qu'elle réussira à donner le change, à paraître suffisamment saine d'esprit, et peut-être même qu'elle le sera de longues périodes durant, impossible de savoir pour sûr. Peut-être qu'elle sera suffisamment logique, suffisamment conforme, pour que les partisans qui l'auront trouvée sur leur chemin aient envie de lui venir en aide, pour qu'ils l'embarquent dans le pays qui deviendra son asile. Pour qu'une fois qu'ils auront atteint une autre ville rasée par les bombes, des gens continuent à lui porter secours, qu'on lui trouve un travail et qu'on lui attribue un logement, en amputant de l'espace habitable à ceux qui en avaient trop. Peut-être que durant des années, elle sera seulement une petite bonne femme un peu bizarre, mais qu'elle aura trouvé un mode de fonctionnement, un abri à l'intérieur de son monde, malgré sa maladie ou peut-être, d'une façon étrange, grâce à elle. Grâce à la pulsion de vie qu'il faut avoir pour être capable de lutter toute seule contre un univers peuplé de menaces. Ou peut-être que jamais Clara ne sera seule, que durant toutes ces années, Lily lui tiendra compagnie, la main de l'une s'agrippant à celle de l'autre.

ANA

39 fragments d'un printemps étrange
(*Concerto pour piano n° 1* de Brahms)

1.

J'ai reçu le colis vers la mi-avril, un peu après peut-être. Je n'ai pas retenu la date exacte, mais je me souviens que le confinement venait à peine d'être prolongé d'un mois supplémentaire. Contrairement aux premières semaines, que j'avais passées quasiment cloîtrée, à cette période j'ai commencé à sortir marcher tous les jours, dans le périmètre d'un kilomètre autour de mon domicile et une heure durant, parfaitement obéissante à des règles tout aussi parfaitement absurdes.

Le paquet était arrivé depuis un moment, m'a informé M. De Almeida lorsqu'au retour d'une de mes balades quotidiennes je l'ai enfin croisé. J'ai pensé qu'il y avait erreur car je n'avais rien commandé depuis que notre fringant monarque nous avait six ou sept fois répété que nous étions en guerre et qu'il nous fallait rester chez nous à lire. À part me faire livrer des caisses de pinard par vinbiopascher.com, or ces dernières étaient toujours déposées sur mon paillasson et accompagnées d'un coup de fil annonciateur.

C'était bien moi la destinataire du mystérieux envoi, constaté-je en le soupesant et secouant. Moyennement lourd et absolument silencieux. L'écriture sur l'étiquette ne me disait rien et, le carton ayant sans doute pris la pluie en cours d'acheminement, le nom de l'expéditeur était illisible. En revanche, poursuivant mon examen dans l'ascenseur, j'appris que ça avait été posté aux États-Unis, dans le Maine plus précisément, et – découvris-je complètement ébaubie – depuis le bureau de poste d'une ville nommée Belgrade. Pas que l'existence d'un Belgrade, Maine, me semblât plus extraordinaire que celle d'un Paris, Texas. Mais Belgrade l'originel était la ville dans laquelle je suis née et où j'ai grandi, et si je n'y avais plus que quelques liens épars, dans le Belgrade du Maine j'étais convaincue de ne connaître personne.

2.

J'ai posé le carton sur la table pour aller me laver les mains et j'ai remarqué qu'elles tremblaient. Quelque chose s'était noué dans le ventre également.

Depuis la mort de mon père deux mois plus tôt, en m'occupant des démarches administratives liées à sa disparition et à sa succession, je ne parvenais pas à me débarrasser de la crainte que j'allais être confrontée à une découverte qui me terrasserait, à quelque chose surgissant d'un des nombreux pans d'obscurité qui recouvraient certains moments de sa vie. Que j'allais devoir faire face à un élément qui ébranlerait à nouveau – la fois de trop sans doute, de cela j'avais très peur – tout ce sur quoi je m'étais construite. Plus terrible encore, qui ferait voler en éclats les barrages que j'avais échafaudés pour tenir la terreur à distance.

L'angoisse qui m'avait empêchée de respirer pendant les années où je me suis occupée de mon père malade n'avait semblé disparaître avec son décès que provisoirement, seulement le temps de prendre une autre forme. Je m'étais alors jetée dans la paperasse et les formalités de manière fébrile, persuadée que si je me montrais capable de mettre de l'ordre dans sa mort, cela me consolerait du tourment qu'avait été sa vie et apporterait un semblant de paix à son souvenir. Mais surtout, je voulais me convaincre qu'une fois les démarches accomplies, bouclées, j'aurais fini par obstruer les passages entre l'invisible et le visible, par colmater les frontières entre ce avec quoi j'avais appris à vivre et ce qui risquait de me détruire. Sauf que l'emballement épidémique et le confinement sont advenus avant que je n'aie eu le temps de tout déblayer, écluser et clore, le passage entre l'inconnu et le connu était toujours ouvert, et l'effroi d'un éventuel secret destructeur que je pourrais recevoir en héritage toujours aussi présent.

Aujourd'hui il me semble absurde, complètement irrationnel à vrai dire, que j'aie pensé à mon père en recevant ce paquet envoyé depuis Belgrade, Maine. Dans la vie de mon père il existait effectivement des zones d'ombre que je préférais ne pas avoir à affronter, mais je pouvais être certaine que jamais il n'avait mis les pieds en Amérique ; il était donc plus qu'improbable que cet étrange colis ait quoi que ce soit à voir avec lui. Et si moi-même, je n'avais pas entendu parler de ce patelin auparavant, j'avais souvent séjourné ailleurs en Nouvelle-Angleterre, j'y avais des amis, des connaissances, d'anciens étudiants avec lesquels j'entretenais une correspondance décousue et qui parfois m'envoyaient des cadeaux. Pourtant, ce n'est pas à eux que j'ai pensé.

3.

Le paquet posé sur la table basse, je me suis servie un verre de vin et je me suis assise sur le canapé, comme si je cherchais à l'apprivoiser de loin. La frayeur initiale, depuis toujours le premier sentiment qui me vient face à l'inattendu, s'est dissipée au bout de trois gorgées pendant lesquelles je me suis parlée. Une vieille habitude qui s'était encore accentuée au fil de ces semaines d'isolement. Respire et calme-toi, ton père n'est plus et l'angoisse devrait finir par s'en aller aussi, tu auras besoin de temps pour t'en défaire complètement mais il faut y mettre du tien, cesser de systématiquement, à chaque imprévu, te laisser submerger par l'inquiétude. Le pinot noir et l'auto-coaching ont semblé agir de concert, la boule au ventre s'est ramollie.

Ne parvenant toujours pas à déchiffrer le nom de l'expéditeur, j'ai saisi « Belgrade, Maine » dans la barre de recherche de mon téléphone. Wikipédia m'apprit qu'il s'agissait d'une ville de trois mille habitants, fondée par un certain Philip Snow vers la fin du XVIIIe siècle sur des terrains appartenant à une compagnie coloniale anglaise, The Plymouth Company, et bizarrement nommée d'après la capitale de la Serbie.

Une dizaine d'années auparavant, j'avais enseigné dans plusieurs universités de la région, pas dans le Maine précisément, ailleurs en Nouvelle-Angleterre, dans le Connecticut et le New Hampshire, et j'étais tombée amoureuse de ce coin des États-Unis.

J'ai longtemps fantasmé qu'un jour je me retirerais dans une de ces villes merveilleusement désuètes de la côte Est, que par je ne sais quel miracle j'aurais les moyens de m'acheter une petite maison au pied d'un phare abandonné, sur une colline de préférence, afin d'avoir vue sur la mer. J'imaginais la peinture écaillée sur le bois de la façade et des volets, des couleurs jadis vives que le temps et les embruns auraient patinées, des fauteuils en rotin rongés par le sel sous un porche entouré de moustiquaires, des haies d'hortensias ; l'image précise d'un refuge imaginaire, bricolé à partir des tableaux de Hopper et de mes souvenirs.

J'ai souvent des rêves de ce genre – partir ailleurs, disparaître à ma vie d'avant, me défaire de ce qui m'enracine trop dans mon histoire et devenir une autre dans un décor neuf –, et la maison au pied du phare dans un village de la Nouvelle-Angleterre a fini par en incarner l'essence. Mais si mes semestres américains avaient grandement contribué à me sortir de la précarité dans laquelle en tant qu'autrice j'avais vécu précédemment, ils ne m'ont pas rendue riche pour autant, et surtout, les filets qui me gardaient prisonnière de mon histoire ne tenaient pas uniquement aux impossibilités financières.

Outre le peu de probabilités qu'en ouvrant ce colis une maison hopperienne en surgisse par magie, Belgrade n'était pas situé sur la côte mais dans les terres du Maine. Toujours selon Wikipédia, il s'agissait d'une région de lacs, les Belgrade Lakes, dont le plus grand avait servi de décor à ce très beau film avec Katharine Hepburn, Henry et Jane Fonda, *On Golden Pond*. J'ai complètement oublié l'intrigue, à part qu'il y était question d'une famille passant les vacances dans une maison au bord du lac et que les relations entre père et fille étaient tendues. Cependant, je me souvenais parfaitement que je l'avais vu adolescente avec mes parents, et que nous l'avions pareillement aimé. Mes souvenirs agréables de cette époque sont suffisamment rares pour en être d'autant plus précieux, et de nous retrouver, nous trois, apaisés et heureux devant un film alors qu'autour de nous un monde finissait, dans l'œil du cyclone juste avant que tout explose, m'a à la fois serré la gorge et donné le courage d'ouvrir le carton.

4.

Enveloppée de papier bulle, il y avait une boîte en métal. De celles que les Américains appellent des *lunch boxes*, de la taille d'un petit carton à chaussures et s'ouvrant comme une valise, dans laquelle on emballait les déjeuners des enfants s'en allant à l'école, avant que les distributeurs automatiques de cochonneries saturées en sucre n'envahissent les couloirs des établissements scolaires. La poignée du coffret avait disparu, il n'en restait que les anneaux rouillés, et la boîte était ancienne, jaune, bleue et kitsch, ornée d'une photo de colley et de l'inscription « The Magic of Lassie ». Toujours aucune indication sur l'expéditeur.

La rouille ayant soudé les bords, j'ai dû me servir d'un couteau pour l'ouvrir, libérant une odeur de vieux papiers et de moisissure. L'intérieur était plein de lettres quasiment collées ensemble. Je me suis emparée de celle qui avait glissé lorsque j'ai forcé sur le couvercle, une enveloppe Par avion aux bords hachurés de traits bleus et rouges comme on n'en voit plus, adressée à un certain

Samuel Jacobs – McDaniel College –, Westminster, Maryland. Elle avait été postée en novembre 1978 à Belgrade par une dénommée Milena Djordjević, demeurant à une adresse illisible du Nouveau Belgrade.

Je n'avais aucune idée de qui étaient ces gens, même si j'avais connu des Jacobs aux États-Unis et des Djordjević en Yougoslavie, patronymes assez communs dans les deux cas. J'ai habité Nouveau Belgrade avant de venir à Paris et je connaissais vaguement McDaniel College pour y être passée en coup de vent et avoir candidaté à un poste de *visiting lecturer* que je n'ai finalement pas obtenu.

J'ai rapidement parcouru la lettre. Une femme, belgradoise de toute évidence, s'y adresse à un homme, sans doute américain, et elle parle de la mort d'un autre homme qu'ils ont tous les deux connu. Le disparu a été l'amant de Milena et l'ami de Samuel, mais il semble que Milena ait également entretenu une liaison amoureuse avec Samuel. Si immédiatement l'histoire m'apparut comme follement romanesque, je ne comprenais toujours pas quel rapport c'était censé avoir avec moi.

Je me suis assise par terre et j'ai vidé la boîte sur le tapis, découvrant un paquet de feuilles A4 pliées en deux et collées au fond, déformées par la bosse d'un objet coincé en dessous. J'ai fait attention pour les extraire sans les déchirer. C'était du papier bible très fin comme on utilisait jadis en alternant avec du papier carbone pour taper à la machine plusieurs exemplaires d'un même texte simultanément.

L'objet mystérieux caché en dessous s'est avéré être un minuscule écrin en velours bleu nuit, vide. J'ai honte de l'avouer, mais lorsque je l'ai vu, l'espace d'un instant, la pensée qu'il contenait une bague extrêmement chère (de quoi m'acheter ma maison au pied du phare !) m'a traversé l'esprit.

Le texte sur les feuilles de papier bible portait un titre, *Lily Clara*, suivi de *A short story* by Milena Djordjević (*work in progress*). Quelque chose qui paraissait se dérouler à Berlin, mais que je n'avais pas la patience de lire dans l'immédiat.

À part le tapuscrit et l'écrin vide, il y avait les lettres, certaines encore dans leur enveloppe, d'autres non, tapées à la machine parfois, mais majoritairement manuscrites. D'une écriture assez lisible fort heureusement et dans un anglais très courant. J'en ai parcouru un paragraphe par-ci, une phrase par-là, cherchant à comprendre. Toutes commençant par « Dear Sam », toutes signées « M », elles étaient datées des années 1970. Des cartes postales aux couleurs parfaitement *seventies* également, représentant des monuments belgradois que je connaissais bien, des paysages verdoyants et vallonnés de la Šumadija, l'éclat bleu et blanc des îles dalmates, ainsi que plusieurs télégrammes, dont un disant « *VISA DENIED STOP TERRIBLY SAD STOP CALL ME STOP* ».

J'ai fouillé de nouveau à la recherche d'un indice sur la provenance de ces archives et leur rapport avec moi. La *lunch box* portait une étiquette sur le dessous que je n'avais pas remarquée avant : « *$300 – Correspondence between 2 famous writers – A STEAL!!!* » J'en ai conclu que celle ou celui qui me l'a envoyée l'avait sans doute achetée dans une *garage sale*, une de ces brocantes sur les pelouses devant les maisons des quartiers résidentiels dont les Ricains raffolent. Mais trois cents dollars tout de même ! Et jamais entendu parler de ces deux écrivains soi-disant célèbres.

J'ai repris l'emballage et allumé la lampe pour tenter une troisième fois de déchiffrer qui était l'expéditeur. Le nom de famille était toujours transformé en tâche d'encre mais je m'aperçus qu'il était suivi de l'initiale « N », et soudain, je fus absolument certaine qu'il ne pouvait s'agir que de Noah.

5.

Les premiers jours du confinement ont été d'une consistance inconnue. Comme si le temps n'avait plus d'épaisseur, qu'il était devenu bidimensionnel. Qu'il avait perdu tout relief, toute aspérité. Ce week-end ensoleillé qui l'avait précédé, les rues et les parcs bondés, la rumeur qui enflait dans les conversations et les médias pour nous préparer aux annonces officielles, les charriots débordants et les rayonnages vides des magasins ; au bout d'une semaine déjà tout cela semblait avoir eu lieu dans une autre vie. La sidération. Le terme semblait trop fort, exagérément dramatique. Pourtant c'est celui qui m'était venu spontanément. Il y a aussi eu comme une étrange ivresse. Celle d'un rêve au cœur duquel on serait en train de tomber dans le vide, mais dont on aurait dépassé le stade de la panique. On serait seulement en train de chuter, au ralenti.

Je n'allais pas me mettre à écrire un journal de confinement, surtout pas, j'ai décrété à l'attention de l'auditoire invisible auquel dans ma solitude je m'adressais. (Comme dans *Littoral*, l'équipe de tournage et le chevalier se matérialisent soudain autour de Wilfrid lorsqu'il a besoin de faire le point, moi je donne de grandes conférences et je développe des réponses alambiquées aux questions d'un interlocuteur imaginaire.) Les réseaux sociaux et les journaux en étalaient des dizaines, ce n'était pas la peine d'en rajouter. J'en lisais certains avec curiosité, et même avec plaisir parfois. Beaucoup m'insupportaient. Alors non, je n'allais certainement pas tenir un journal de confinement, moi.

Se démarquer pour mieux en être ; quelle vanité. D'autant plus que dès le premier jour, j'ai entamé un carnet. Je n'ai pas pu m'en empêcher, bien que je ne me fisse pas d'illusions. Celui-ci, comme tant d'autres, s'épuiserait en vol et deviendrait le support de listes de courses et choses à faire, de comptes et d'idées gribouillées à la va-vite que je serais incapable de déchiffrer à peine quelques mois plus tard. Je ne croyais pas vraiment qu'il m'offrirait la matière d'un nouveau texte qui mettrait fin à ma stérilité de deux ans.

Je notais au jour le jour. Comment j'avais dormi. Ce que j'avais mangé. À qui j'avais parlé au téléphone ou sur Skype. Si j'étais sortie faire quelques courses ou prendre l'air. Le nombre de morts. 25 mars/réveillée tard/omelette à l'échalote/coup de fil d'une heure avec Mounia/230 décès. 26 mars/insomnie dès 4h du mat/lu une vingtaine de pages/fait une lessive/330 décès. 27 mars/courses et tour du pâté de maisons/traîné des heures sur FB/apéro Skype avec Julien et Chris. *And so on*.

Non, je n'y croyais pas vraiment ; consigner le prosaïque quotidien et mes états d'âme n'enclenchait rien qui puisse me faire sortir de la longue période de sécheresse littéraire dans laquelle je m'étais installée. En revanche, je me disais certains jours qu'il s'agissait de conditions parfaites réunies pour développer un tas de troubles obsessionnels compulsifs. Jusqu'au diagnostic de mon père, j'ai eu tellement peur d'un jour sombrer dans (ce qu'on appelle) la folie.

Avec les copains, j'ironisais, je me moquais des velléités de celles et ceux qui nous entouraient. De la frénésie de rangement. Des cours virtuels de yoga (ne parlons même pas des trottoirs envahis par les joggeurs, je m'agaçais de devoir slalomer entre, les rares fois où je sortais). De l'hystérie culinaire. Alors que la première semaine j'ai passé une journée à faire du tri dans mes placards (déjà parfaitement ordonnés) et que jamais auparavant, je ne m'étais au jour le jour préparée à manger avec autant de soin.

Tout et tout le monde m'exaspérait. Celles qui se réjouissaient du changement salutaire qui inévitablement viendrait dans le sillage de cette catastrophe, qui croyaient que les biches s'aventurant dans les rues des villages annonçaient le sauvetage *in extremis* de la planète. Ceux qui s'étaient mis au travail dès J1, qui avaient bien l'intention de mettre ce temps à profit et faire preuve d'une productivité exemplaire. Les discours sans fin des dirigeants qui n'ont jamais eu l'air aussi amoureux de leur propre voix, ânonnant les chiffres des malades et des disparus, s'agitant pour faire croire qu'ils savaient faire face à la catastrophe, promettant des mesures dont la plupart seraient contredites aussitôt. Les médecins abonnés aux plateaux de télévision, rivalisant dans la démonstration de leur capacité de vulgarisation, volant du temps aux services qu'ils et elles dirigeaient, au sommeil, à leur famille. Et plus que tout, mon propre va-et-vient entre l'agacement et la compassion envers mes semblables. Sans doute que l'agacement que je ressentais envers les autres n'était que le signe qu'ils me manquaient, que je ne m'arrangeais pas si bien que ça de la solitude, non choisie pour une fois.

En vérité, j'enviais celles et ceux qui arrivaient à écrire, à se projeter dans un avenir. Depuis deux ans je n'avais été capable de ne produire que des commandes, des textes courts et peu inspirés la plupart du temps. Les derniers mois de la vie de mon père m'avaient transformée en zombie. En apparence, je gérais. Intérieurement j'avais l'impression d'avoir perdu tout repère. Et l'irruption de la pandémie dans l'inertie du quotidien avait achevé d'éclater la structure sur laquelle je m'étais bâtie.

6.

L'obsession quotidienne des nouvelles, des chiffres, des images, me ramenait fatalement à la guerre. Comme à chaque fois que le temps s'arrêtait, que le cours de la « vie normale » se suspendait, c'est à ça que malgré moi, toujours, je revenais. Les images des camions militaires transportant les cercueils dans les rues de Bergame se superposaient à celles des chars de l'armée fédérale passant sous le pont du Nouveau Belgrade et s'en allant bombarder Vukovar sous une pluie de fleurs. Dans ce temps étrange, à la consistance inconnue, j'errais dans le dédale du passé. De vieux souvenirs enfouis remontaient et effaçaient des événements plus récents, comme si des failles temporelles ne cessaient de s'ouvrir sous mes pas alors que je tournais dans l'espace réduit de mon appartement. Sans aucune logique, des époques pourtant bien distinctes se percutaient les unes contre les autres.

Il y a longtemps, lors d'un mois d'août vers la fin des années 1980, juste avant la guerre, j'avais rencontré un très joli garçon sur la plage où je passais mes étés. Il venait de Brescia. J'avais un peu fugué avec lui et ses copains, au moment où les vacances se terminaient et qu'ils repartaient en Italie. Un peu fugué, parce que j'avais rebroussé chemin, juste avant Trieste. Je n'ai jamais été aussi rock'n'roll que j'aimais à le croire. Nous avons échangé une ou deux lettres et cartes postales par la suite (un temps que les moins de 20 ans, etc.) avant de complètement perdre contact. Les amours adolescentes sont merveilleuses. Au début du confinement, quelques nuits durant, je rêvais de lui, tel qu'il fut cet été-là, beau comme le jeune homme de *Mort à Venise*. J'imaginais qu'il était dorénavant un quinquagénaire bedonnant et dégarni ; j'étais tout autant une ménopausée dodue. Mais je rêvais de lui, et au réveil j'espérais qu'il allait bien. Et ses parents aussi.

Dans mon rêve, le garçon de Brescia que je pensais avoir oublié se confondait avec Noah, connu vingt ans plus tard, sur un autre continent, et auquel j'évitais de penser. Nous n'avions plus aucun contact depuis des années. J'avais vu un reportage sur la saturation du système hospitalier à New York et pensé à ses problèmes de santé et à son hypocondrie encore plus ancienne. Je lui ai envoyé un message pour prendre de ses nouvelles. Ce que nous vivions me semblait suffisamment inédit pour que je ne m'embarrasse pas des années de silence entre nous et des blessures et ressentiments passés. Sans surprise, il n'y a pas répondu.

7.

Noah avait été ma dernière histoire tourmentée. La dernière en date, je veux dire, car la vie pouvait encore me surprendre, même si j'ai de plus en plus souvent la certitude que le temps des histoires tourmentées dans ma vie est révolu.

Je l'ai rencontré sur un campus du New Hampshire lorsque j'y ai enseigné quelques mois durant, l'année de mes 40 ans. Je garde un souvenir éblouissant de cette époque, il m'en reste des effluves d'un resplendissant été indien. Auparavant, des amies plus âgées m'avaient souvent raconté ce moment dans leur vie, l'entrée dans la quarantaine comme dans un paysage de joie et de puissance, et c'est tout à fait cela que je ressentais alors. J'avais l'impression d'être enfin en paix avec moi-même et exactement à l'endroit où je devais être. Je ne désirais rien de plus que ce qu'à cet instant je tenais dans mes mains, et je croyais alors avoir définitivement tourné le dos à tout ce qui m'avait si souvent assombrie précédemment. Je me laissais porter par cette nouvelle sérénité, heureuse de quelques (très modestes) succès littéraires, ainsi que d'une situation matérielle qui s'était considérablement améliorée. Je voyageais, prenais beaucoup de plaisir à enseigner, ma vie ressemblait enfin exactement à ce dont plus jeune, j'avais rêvé. Je me souviens que je savourais chaque instant, comme si j'avais été en mesure de savoir que le vent tournerait rapidement et que viendrait ensuite un chapitre beaucoup moins ensoleillé.

Au seuil de la trentaine, Noah était étudiant, il poursuivait son doctorat dans le même département de lettres que celui qui m'employait. Je fréquentais peu mes collègues professeurs, les trouvant la plupart du temps vieux (même ceux qui avaient mon âge) et ennuyeux. J'avais envie de sortir jusqu'à l'aube, de rire de bêtises, de danser, de boire du chardonnay californien traître jusqu'à plus soif. Alors spontanément, j'ai rejoint un cercle d'étudiants, des thésards pour la plupart, plus âgés que les gamins de 20 ans que j'avais dans mon cours. Rapidement de vraies amitiés se sont tissées, de celles qui perdurent au fil des années, et la bande qui dès le début du semestre s'est constituée cette année-là était formidable. Nous étions une dizaine – Achille, un autre professeur, et moi-même, étudiantes et étudiants pour le reste – à passer tout notre temps libre ensemble, nous retrouvant aux heures des repas, nous rendant au lac le week-end, allant danser les vendredis soir dans la cave d'un des trois seuls bars du patelin attenant au campus, pique-niquant souvent le soir sur les pelouses.

Lorsque l'automne est arrivé et qu'il a commencé à faire trop frais la nuit, nous nous sommes repliés dans le *cottage* que je partageais avec Achille, plus spacieux et confortable que les chambres des dortoirs où nos amis étaient logés. Si rien dans le règlement de l'université ne l'interdisait explicitement, il n'était pas très bien vu que les enseignants fraternisent autant avec les étudiants, et Achille et moi avions parfois droit à des remarques passives-agressives de la part des collègues au sujet de la nouba sans fin se déroulant dans notre maison, sans nous en formaliser outre mesure. Nous savions que ça pouvait nous coûter, que s'il y avait des plaintes nous risquions de ne pas être réinvités l'année suivante, mais c'était une saison à vivre au présent, beaucoup trop radieuse pour la teinter de craintes et de précautions.

J'ai remarqué Noah tout de suite. Plutôt beau garçon, discret de prime abord dans ce groupe de personnalités fortes, mais révélant un féroce humour de Juif new-yorkais lorsqu'il a commencé à se sentir à l'aise. J'ai rapidement compris qu'il avait une fiancée qui l'attendait à Brooklyn, et d'ailleurs j'étais plus ou moins en couple moi-même. Plus ou moins, parce qu'il s'agissait d'une vieille histoire qui avait déjà joué bien plus de prolongations qu'elle n'aurait dû et que ma frénésie à enchaîner contrats américains et résidences d'écriture ne me faisait passer par Paris qu'en coup de vent tous les quelques mois, remettant régulièrement à plus tard une rupture inévitable.

Nous nous sommes rapprochés sans que jamais rien qui ressemblât – du moins ouvertement – à de la séduction n'ait lieu. Nous partagions les mêmes goûts, un sens de l'humour semblable, et en dehors des soirées et des sorties en bande, nous nous retrouvions souvent en ville pour un café ou une balade, juste tous les deux.

Lorsqu'il ne se consacrait pas à sa thèse, il enseignait l'histoire dans un lycée privé de l'Upper East Side, mais avait toujours voulu écrire de la fiction, sans vraiment s'y lancer. Je jouais le rôle de l'écrivaine accomplie qui l'y encourageait, et j'avoue que son admiration me flattait beaucoup, même si j'avais conscience qu'il se faisait une idée de ma vie bien plus « glamoureuse » qu'elle ne l'était réellement. Nous parlions de nos lectures, de nos voyages, de nos rêves respectifs, de ceux qui déjà commençaient à être partagés, comme s'il allait de soi que notre amitié se prolongerait durant les années à venir.

Alors qu'autour de nous les feuilles des arbres éclataient de toutes les nuances de feu, au fil de cette saison des couleurs comme il n'en existe qu'en Amérique du Nord, nous nous abandonnions à l'intimité des débuts, celle où l'on se plaît à se raconter à l'autre, où l'on dévoile ce qui nous a marqués dans l'enfance, où l'on sort des malles de la mémoire les histoires familiales fondatrices et souvent douloureuses pour mieux se donner à voir. Où le regard de l'autre devient un miroir dans lequel on peut se réécrire soi-même, aborder tout ce qui nous constitue avec un point de vue neuf, se réinventer. J'ai souvent pensé que la naissance du sentiment amoureux et celle d'un projet de livre se ressemblaient beaucoup, les deux inscrivant un nouveau début du temps dans la suite des jours et charriant rêves et espoirs de faire mieux cette fois-ci. Tomber amoureux, tout comme écrire, c'est la possibilité de repartir de zéro.

Le « grand âge » m'avait apporté la sagesse (ce que je me racontais, du moins) de ne pas chercher à précipiter les choses mais d'être capable de savourer cet hors monde des prémices qui dans chaque histoire d'amour, comme dans chaque début d'écriture, s'enfuit trop vite.

Parfois, oui, les mains se frôlaient, dans le brouhaha des conversations animées et des rires, sous la table couverte de bouteilles et de verres les cuisses se touchaient, il me passait sa veste sur les épaules lorsque je frissonnais, de longs regards faisaient virevolter des nuées de papillons au creux du ventre – c'était merveilleusement adolescent et doux –, mais durant ce premier automne, entre Noah et moi, rien n'a été explicité et encore moins consommé.

8.

Mon premier réflexe est d'écrire à Noah pour lui demander si c'est bien lui qui m'a envoyé ces lettres, d'où viennent-elles et ce qu'il cherche à me dire. Pourquoi n'a-t-il pas répondu à mon message d'il y a quelques semaines ? Est-ce que lui et les siens allaient bien au milieu de ce désastre ? A-t-il réellement payé trois cents dollars pour ce truc ? Qu'est-ce qu'il fichait à Belgrade, dans le Maine ? Pourquoi a-t-il cessé de m'écrire du jour au lendemain il y a quatre ans, sans raison apparente, alors qu'auparavant, nous avions réussi à surmonter des moments tendus sans se perdre tout à fait de vue ? Je commence le courriel, efface, reprends, efface à nouveau, peinant à trouver le ton juste, ni trop détaché ni trop intense. Je reprends dix fois d'affilée, avant d'abandonner.

Si ce n'est pas lui qui m'a fait parvenir cette boîte, il va penser que je suis timbrée, que j'invente un prétexte alambiqué pour le faire sortir de son mutisme et reprendre contact. Et si ça ne vient pas de Noah, de qui alors ? Il n'y a aucune explication rationnelle, n'importe qui d'autre m'aurait joint une lettre ou une carte. L'absence d'un mot accompagnant l'envoi me porte à croire qu'il s'agit forcément de Noah. C'est également un message en soi, ce qu'il a à me dire tient dans ces lettres. Mais peut-être qu'il y avait un mot avec une explication et qu'il s'est perdu ? Il aurait tout à fait pu glisser du carton dont un côté est un peu déchiré. Je réinspecte l'emballage et oui, une carte de format A6 aurait pu glisser par la fente ; c'est très improbable mais théoriquement possible. Ou alors, au moment d'emballer, Noah a oublié de joindre le courrier, il l'a laissé sur le comptoir du bureau de poste, se dépêchant parce qu'il était mal garé. Le nombre de fois qu'on oublie la pièce jointe dans un mail sans s'en rendre compte ; ça peut tout à fait arriver avec une pièce jointe physique. C'est fou comment on cherche à tout prix des réponses compliquées lorsqu'on ne veut pas entendre ce que le silence nous raconte.

Je reviens à Google. J'entre « Noah R. » et retrouve les mêmes infos que j'ai déjà vues plusieurs fois. Nos noms accolés en tête du papier que nous avions co-écrit pour la revue universitaire en ligne, une courte biographie sur le site de l'école où il enseignait, sa signature au bas de plusieurs pétitions. Des tas d'informations sur d'autres Noah R., un graphiste de San Francisco, un joueur de hockey canadien, le patron d'un restaurant à Brooklyn – se serait-il reconverti entre-temps ? – dont les nombreuses photos montrent un blondinet aux traits à peine pubère, me confirmant qu'il s'agit d'une fausse piste. Remarquablement peu de traces de mon Noah sur la Toile, à vrai dire. Il fait partie des rares à ne pas être sur les réseaux sociaux, à moins qu'il les ait intégrés depuis mais sous un autre nom.

Je scrute des dizaines d'images de Belgrade dans le Maine. Parfait village touristique en été, désert en hiver. Des maisons et des guinguettes sur les rives du lac, des bateaux de pêche, l'unique rue du centre-ville, la Main Street probablement, tout droit sortie d'un western ; on s'attend presque à voir des chevaux attachés devant le bâtiment de la banque, qui doit dater de l'établissement du bourg. Je cherche même « Noah R. Belgrade Maine » et « Garage sale Belgrade Maine », comme si miraculeusement j'allais tomber sur une explication.

Je me rabats sur Milena Djordjević et Samuel Jacobs. Ces noms sont fréquents et il y a trop d'occurrences, dans les deux cas. Il y a même des écrivains parmi les résultats de recherche que j'épluche. Une dramaturge serbe connue qui s'appelle ainsi (ça me disait bien quelque chose), sauf qu'elle a 35 ans à tout casser. Un homme politique québécois de la fin du XVIIIe siècle. J'ai souvent l'impression qu'en cherchant avec patience et méthode, on peut tout trouver sur internet. Dans le cas présent, je ne fais preuve ni de patience ni de méthode. Je plonge la main à l'aveugle dans un sac de nœuds en espérant y piocher des réponses par magie. J'aurais aussi bien pu saisir « Pourquoi Noah m'a-t-il envoyé ces lettres ? », « Quel est le sens de la vie ? » ou « Est-ce que Dieu existe ? » dans la barre de recherche.

9.

Les applaudissements de 20 heures me tirent de ma transe. Le dealer de la cité d'en face a sorti sa derbouka, les gamins du quatrième étage tapent dans des casseroles, la petite dame asiatique du premier me fait son désormais rituel signe de la main, les voitures qui passent dans la rue klaxonnent. La sans-domicile qui a installé sa tente au pied de mon immeuble au début du confinement passe la tête dehors et hurle « Vos gueules ! », faisant suivre son cri d'un chapelet de jurons en arabe. Elle doit être dans un mauvais jour car quand elle est d'humeur, elle salue à la cantonade comme si les vivats lui étaient destinés.

Si je connaissais leurs noms, à tous ces vivants que j'observe chaque soir quelques minutes durant, je me demande quelles informations je trouverais sur le Web les concernant. Je n'apprendrais sans doute pas grand-chose. Pas plus en tout cas que ce que j'ai glané lors de nos rendez-vous de façade à façade depuis un mois. Il m'a suffi de cinq minutes par jour pour découvrir que la maman est très câline avec les trois gamins du quatrième, que la petite dame asiatique du premier vit seule et parle à ses fleurs, que le dealer est probablement musicien dans le civil, vu le nombre d'instruments différents dont il nous a fait la démonstration.

Milena et Samuel ont vécu et se sont écrits une bonne trentaine d'années avant que Google ne commence à consigner tous les hauts faits et les détails sans importance de la vie de plusieurs milliards d'humains. De toute évidence, ni l'un ni l'autre n'ont marqué l'histoire de la littérature suffisamment pour que quelqu'un se donne la peine de créer des pages Wikipédia à leurs noms, étalon de mesure actuel de ce qu'il en est du « very famous writer ».

Ça fait trois heures que je suis sur mon téléphone, alors que les lettres sont éparpillées à mes pieds. C'est par là qu'il faudrait commencer, c'est le seul élément tangible, concret, dont je dispose. J'ai beaucoup plus de chances de comprendre de quoi il retourne en les lisant qu'en m'abrutissant à faire défiler des pages et des pages de recherche sur le Web.

10.

Puisqu'elles sont là, les lettres mystérieuses, et que je n'ai absolument rien à faire de mon temps, autant m'occuper à cette étrange enquête depuis Belgrade jusqu'au Maryland, et qui sait où elle me mènera encore, sans même sortir de chez moi.

Il fait nuit, mais je suis trop perturbée pour aller me coucher. J'en ai pour un moment, vaut mieux réchauffer le reste de la quiche de midi et manger d'abord. Ensuite, faire la vaisselle et ranger un peu pour y voir plus clair, comme avant d'entamer l'écriture d'un nouveau livre. Pousser la table basse pour dégager de la place sur le tapis ; vu la quantité de papiers qu'a recraché Lassie, le bureau ne suffira pas.

J'ai une soudaine envie d'écouter du classique, un vrai disque, chose que je n'ai pas faite depuis des siècles. La platine vinyle (cadeau de Noah) est débranchée et posée sur l'étagère, lamentablement réduite à un objet de déco ; parfois je crains d'être devenue tout ce dont je me moque férocement. J'en pioche un au hasard, le *Concerto pour piano n° 1* de Brahms, par Rubinstein, et dès les premières mesures, je suis transportée à Belgrade, quarante ans en arrière. Ma madeleine est sonore et la musique classique me ramène invariablement à l'enfance, à mes parents. J'étais bébé et je ne peux pas en avoir gardé de souvenirs, mais on me l'a raconté tant de fois, comment mes parents m'ont trimballée dans mon couffin lorsqu'ils se rendaient à un concert, s'asseyant en bout de rangée et près de la porte pour pouvoir sortir rapidement si je me réveillais et me mettais à pleurer. Je me réveillais mais ne pleurais jamais, m'a-t-on raconté, j'imagine que j'observais les jeux de lumière sur la voûte de la salle avant de me rendormir. Je ne suis plus sûre, mais je crois que mon père n'aimait pas Brahms, où était-ce juste une des blagues un peu pourries qu'il faisait lorsqu'il me voyait, adolescente, avec le roman de Sagan. Aussi, je crois me souvenir sans en être toutefois certaine, que c'était ce morceau précisément – très moyennement exécuté par une étudiante – que nous écoutions lors de la Soirée Classique du début du semestre, en ce deuxième automne d'érables flamboyants, où Noah a pris ma main en me chuchotant quelque chose à l'oreille, et qu'il l'a gardée dans la sienne jusqu'à la fin du concert.

11.

Patience et méthode. J'entreprends de classer les missives de Milena à Sam par ordre chronologique, depuis la première écrite en août 1972 jusqu'à la dernière en novembre 1978. Je mets les enveloppes de côté, un Post-it avec la date de la lettre qu'elles contenaient dessus. Sur une feuille, je référence : 1) 3 août 1972 – lettre manuscrite – en bon état / 2) 15 septembre 1972 – carte postale avec la statue de Knez Mihajlo dite « le cheval » / 3) 8 octobre 1972 – lettre tapuscrite illisible car pages collées ensemble ; et ainsi de suite. Il manque des pages pour certaines, d'autres ont des taches de café ou de thé qui ont fait disparaître des paragraphes entiers.

Je les ordonne par terre, une ligne par année jusqu'à ce que tout le sol de mon salon soit recouvert de cette frise chronologique et que je sois obligée de traverser la pièce à cloche-pied pour aller remettre Brahms au début, exécutant une étrange marelle, alors que l'absence de correspondance que je constate entre fin 1975 et mi-1978 me laisse un couloir pour circuler.

Une soixantaine de lettres, cartes postales et télégrammes, même si un tiers des courriers est trop abimé pour que je sois en mesure d'en tirer grand-chose. Et puis, la nouvelle sur le papier bible, que je mets à part.

Il est minuit passé lorsque je termine mon classement et référencement. Je sens soudain une immense fatigue me tomber dessus, comme si je venais de fournir un effort physique soutenu.

Je sais qu'il en est ainsi parce que le corps se souvient. Le même paysage dans l'appartement de mon père deux mois auparavant. C'était hier et ça fait déjà partie de la vie d'avant. Des piles de papiers que je tentais de trier à la recherche de ceux dont j'avais besoin pour pouvoir obtenir un acte de décès à la mairie. Il y a des vies dont il ne reste que des bribes, quelques feuilles jaunies disposées au sol, à l'endroit exact où j'avais découvert son corps sans vie. J'ai l'impression d'être dans le même état qu'alors, comme extérieure à moi-même, concentrée sur la tâche à accomplir, doutant de la réalité du moment.

Je ne supporte plus Brahms et l'apparente légèreté de la mélodie où je n'entends plus que la complainte mélancolique du D-moll[2]. Je m'endors comme assommée.

---

2 *Ré* mineur.

12.

À 4 heures du matin, les cris de la femme sans-abri me réveillent. Régulièrement, au cœur de la nuit, elle livre des batailles d'une violence inouïe. Face au mur de l'immeuble mitoyen, elle hurle sur quelque chose ou quelqu'un qu'elle est la seule à voir. Son ennemi est généralement posté à cet endroit-là. Il y a quelque temps, une affiche électorale y était collée et j'ai pensé que c'est contre ce candidat qu'elle en avait, mais depuis, le visage promettant un arrondissement (à défaut d'un monde) plus juste a disparu ; la rage de la femme a demeuré. Elle crache et invective dans cette direction, s'approchant parfois tout près du mur, poing levé, menaçante. J'ai essayé plusieurs fois d'appeler le 115, les pompiers, mais même lorsqu'ils finissent par venir, elle s'empare à la va-vite de ses quelques possessions et s'enfuit, refusant de les suivre. Je peux seulement imaginer ce qu'elle a dû vivre lorsqu'elle s'est retrouvée dans un foyer ou à l'hôpital. Dans l'immeuble en face, plusieurs fenêtres sont éclairées, quelques rideaux écartés par d'autres qui se posent probablement les mêmes questions que moi et qui la regardent se débattre, impuissants. À chaque fois que j'assiste à ces scènes, je pense à mon père. Si je ne l'avais pas pris en charge lorsqu'il a commencé à dériver dans son monde peuplé de menaces, aurait-il fini dans une tente de fortune au bas d'un immeuble ?

Je me prends les pieds dans les lettres disposées au sol en allant me faire un café, alors que l'aube colore d'un bleu cobalt le ciel au-dessus des cités.

13.

Depuis le début du confinement, je mesure chaque jour ma chance. J'ai un chez-moi que j'aime – trente mètres carrés baignés de lumière et remplis de livres, disques, plantes, tableaux – et suffisamment d'économies pour tenir six mois s'il le faut. Ça n'a pas toujours été le cas, et je n'ai pas oublié ce qu'est la précarité extrême, celle qui menace de faire basculer dans l'indigence, ce que c'est de ne pas avoir de toit, chercher soir après soir un canapé sur lequel dormir au chaud, ou se débattre avec l'inquiétude du début de mois et du loyer, si modeste soit-il, dont on ne pourra pas s'acquitter. J'ai des solutions de repli au cas où ça se prolongerait trop. Ma solitude, voulue, m'est confortable la plupart du temps. Et ce n'est pas la première fois que je me retrouve dans une situation dans laquelle, collectivement, il nous faut faire face à un avenir en forme d'incertitude. La guerre m'a appris que ce qui commence par la sidération, même si elle est couplée à la conviction qu'il s'agit seulement d'un mauvais moment à passer, peut en réalité s'étirer sur un temps bien plus long. Je mesure ma chance et m'emploie à relativiser. Parfois, néanmoins, l'angoisse s'immisce et terrasse tout ce que la raison s'applique à échafauder.

Nous ne sommes pas en guerre, non. Mais comme lorsque, sans que nous en ayons vraiment conscience, une guerre commence, nous voilà arrêtés, sidérés, incapables de reprendre prise sur le cours des heures, de nous accommoder de ces nouvelles donnes, du fait de ne pas savoir ce qui viendra demain, après-demain, la semaine prochaine, de ne pas nous précipiter sur les chiffres tous les soirs. Moi en tout cas, j'en suis incapable pour l'instant, et si je sais que nous ne sommes pas en guerre, que cette rhétorique me donne envie de hurler, je n'y peux rien, ça m'y renvoie quand même.

J'y suis à nouveau. Je n'ai pas encore 20 ans et la guerre commence. Je ne la vois pas arriver. Peut-être que c'est mon âge qui s'y refuse ; que la guerre, c'est quelque chose qui appartient au passé, aux générations qui nous ont précédés ou à d'autres coins du monde. Dans mon entourage, on en parle comme d'une possibilité, c'est une crainte qui ressemble à un bruit parasite quelque part en fond sonore. Même lorsque les premiers massacres ont lieu, que les images et les récits nous parviennent, je ne veux toujours pas y croire. Autour de moi j'entends « c'est terrible mais ça ne va pas durer, ce sont des événements isolés, ça va passer, se calmer ».

On ne sait pas comment elle commence réellement, la guerre, quel événement est son début officiel. Pour moi, ce sont les chars de l'armée fédérale qui longent les rues de ma ville, passent devant l'immeuble où j'habite, le drapeau yougoslave, de jeunes gens qui portent l'étoile rouge sur le front, ils passent sous le pont, et mes concitoyens leur jettent des fleurs, les acclament, alors que les chars et les camions se dirigent vers Vukovar. Qui sont ces gens qui lancent des fleurs sur des gamins s'en allant bombarder leurs cousins ?

Je m'en vais. L'exil, plutôt que de côtoyer des gens pareils. Le point de chute parisien s'avère rapidement un accueil de courte durée. J'enchaîne des remplacements en tant que fille au pair, des sous-locations de chambres de bonne, je m'enfonce dans la nuit. Ce sont les papillons nocturnes, de la rue, les travailleuses transsexuelles brésiliennes, les punks à chiens, les aussi mal lotis que moi rencontrés sous un Abribus alors qu'il pleut, qui viennent à mon secours. Mettre des pièces jaunes en commun pour se payer un café, une clope partagée, se raconter nos vies en attendant l'aube et l'ouverture du métro pour retrouver la chaleur.

Quelques mois plus tard, mon père fuit la mobilisation militaire et parvient à passer la frontière hongroise, il erre à travers l'Europe avant d'aller se réfugier chez de vagues cousins à Strasbourg. Ma mère, restée seule, finit par également quitter Belgrade pour se replier en Istrie dont elle est originaire. Le lien avec ma ville de naissance est définitivement rompu.

La guerre dure. Un an, deux, trois, pas loin de dix en tout. Les premiers morts sont des visages aux traits nets, mais lorsque les centaines, puis les milliers commencent à s'additionner, tenir les comptes devient de plus en plus insoutenable. Les vies de toutes celles et ceux que je connais basculent. Il y a ceux et celles qui meurent sous les bombes, les balles perdues, les tirs des *snipers*. Il y a celles et ceux qui partent, émigrent, se réfugient ailleurs, se trouvent parfois, reconstruisent autre chose, rarement, la plupart continuent à errer jusqu'à ce jour. Il y a ceux et celles qui perdent leur boulot, leur maison, leurs économies, leurs amis, dont les familles éclatent. Celles et ceux qui perdent la raison, qui avalent de petites pilules vertes (le diazepam est vert dans ces contrées) tous les jours, trois fois par jour, parfois même quatre, depuis trente ans. Il y a des ponts qu'on abat et qu'on nous promet de reconstruire à l'identique et qu'on reconstruit même à l'identique et qui ne ressembleront en rien à ce qu'ils ont été. Il y a des camps, des images de silhouettes décharnées derrière des barbelés, et les yeux du monde qui voguent de choc à indifférence. Il y a des viols de masse devenus arme de guerre. Il y a des charniers qu'on met vingt ans à déterrer, des corps qu'on met vingt ans à identifier, des frères et époux et fils qui n'auront jamais de sépulture. Il y a celles et ceux que nous perdons, que nous ne perdons ni à cause des snipers, ni des pluies d'obus, ni des petites pilules vertes, ni des cancers carabinés qui fauchent des familles entières, mais que nous perdons à cause de l'idéologie nationaliste, des orgies religieuses, avec lesquels il n'est plus possible de parler, de rien, pas même de la pluie ou du beau temps. Comment vont les enfants ? Ça va, ça va. Tant mieux, pourvu que ça dure. À bientôt, qui sonne comme adieu. Il y a celles et ceux qui partent tout de suite, et ceux et celles qui mettent dix, vingt, trente ans à mourir, qui n'en finissent pas de mourir, que nous regardons agoniser depuis des décennies. Il y a ceux et celles qui rient, qui ne cessent de rire, qui rient comme si la fin de leur rire serait la fin de tout, comme si rire était ce qui permettait de conjurer tout le reste.

Nous ne sommes pas en guerre, non. Mais nous sommes des additions de syndromes post-traumatiques, chaque événement nous renvoyant à ce que nous avons vécu précédemment, comme la pluie réveille chez les vieux la douleur dans le genou bousillé jadis et *a priori* soigné depuis. Et ceux, chanceux, dont les souvenirs ne contiennent pas d'événement traumatique collectif – en existe-t-il, des humains pareils ? –, ne sont que les sommes de ce que les générations précédentes leur ont transmis, par les récits et sans doute encore plus par les non-dits, les zones d'ombre, les pans occultés de la transmission de la mémoire. Le truc, c'est que tous ces traumatismes vécus ou hérités, ils ne se remplacent pas les uns les autres, ils s'additionnent.

Nous ne sommes pas en guerre, mais pour l'instant je tremble pareil, l'estomac noué certains jours comme il le fut alors. Je ne sais pas si c'est parce que j'avais 20 ans à l'époque et que la résilience de la jeunesse est une chose formidable, mais je me souviens que lorsque je tremblais et n'arrivais plus à respirer, je sautais dans un train de nuit pour Venise, ou un bus, je me disais tant pis pour le loyer de la chambre de bonne que je ne pourrais pas payer, au pire je levais mon pouce et j'allais rejoindre les miens, ceux que je considérais encore comme tels sur le bout de la côte où ma mère avait trouvé abri. Ce n'était pas grave, le danger auquel je m'exposais, à cet âge on n'a peur de rien. J'allais rejoindre les miens et, avec les réfugiées du coin, on descendait sur la plage, et on jouait aux cartes en riant, on se racontait des blagues, et on était convaincu qu'une fois que ce serait fini, quelque chose de merveilleux allait advenir.

14.

Je tourne autour des lettres, repoussant le moment de les lire. Je ne sais pas si j'ai peur qu'elles me bouleversent ou si je crains qu'elles ne m'apportent aucune réponse. Je ne sais pas ce que je cherche, ni même si je cherche quoi que ce soit. Je finis par les ramasser pour pouvoir passer l'aspirateur. Rangées dans des chemises cartonnées correspondant aux différentes années, elles côtoient les autres piles de paperasse sur mon bureau, allant de l'embrouillamini de factures et certificats que l'Urssaf me somme de produire aux documents réclamés par la notaire pour la maigre succession de mon père.

Au pied du bureau est posé le cabas contenant ce que j'ai gardé après avoir fini de trier ses affaires. Tout ce qu'il me reste de mon père tient dans un cabas de taille moyenne orné du logo d'une chaîne de supermarchés. Quelques outils, un portefeuille et une montre aux cuirs pareillement tannés, son stéthoscope d'il y a un demi-siècle, d'autres broutilles sentimentales, l'inévitable pochette de papiers.

Je trouve le courage de vider le sac, et même celui de laver sa petite cafetière et sa tasse pour m'y préparer un café. Je range les outils parmi les miens. Portefeuille, montre et stéthoscope dans le tiroir de mon chevet. J'enfile son chandail et y cherche l'odeur de son tabac à rouler, même si je me souviens l'avoir lavé, quelques jours à peine avant sa mort. Je regrette soudain de ne pas avoir gardé plus de choses, d'avoir dit aux bénévoles d'Emmaüs de tout emporter. Je ne sais pas qui est cette fille qui a eu la force de passer le contenu de l'appartement en revue en deux après-midi à peine, sans se donner le temps de tergiverser, de dire adieu aux objets à défaut d'avoir pu le dire à la personne.

Sur la photo de son permis de conduire yougoslave, qui a survécu à presque trente ans d'exil et de vie nomade, sourit un jeune homme qui n'est pas encore mon père. Sur celle de sa carte de réfugié, les traits sont étonnamment détendus, sereins. Il avait la petite cinquantaine, il était déserteur et il entrait dans les années d'errance. Je l'y reconnais sans vraiment le reconnaître, il s'agit d'un autre homme que celui dont j'ai pris soin durant des années et dont la maladie avait fini par transformer le regard, le pli de la bouche, la tension de la mâchoire. Je pose les photos sur le bureau, je voudrais que ces deux images de lui s'impriment dans ma tête, qu'elles effacent la noirceur et la douleur de ce qui est venu après, ainsi que ma culpabilité de ne pas avoir pu le sauver.

Je m'en veux de m'être résolue à baisser les bras, d'avoir accepté que face à sa maladie je ne pouvais rien. Je m'en veux d'avoir écouté médecins et travailleurs sociaux qui m'ont répété qu'il fallait me protéger car si je ne le faisais pas, j'allais sombrer avec lui. Je m'en veux de l'avoir laissé seul dans les ténèbres du délire, de ne pas l'avoir câliné davantage les dernières semaines, de ne pas m'être assise à ses côtés au sol lorsqu'il s'y est allongé pour mourir et de ne pas lui avoir tenu la main, de ne pas lui avoir dit encore que je l'aimais, de ne pas l'avoir retenu quelques mois, quelques années de plus. Je m'en veux d'avoir espacé mes visites à ce moment-là, de mon épuisement la dernière fois que je l'ai vu, de m'être enfuie parce que voir l'état de son corps m'était encore plus insupportable que d'entendre ce qui grondait dans son esprit. Je m'en veux de ne pas savoir s'il a souffert ou s'il est parti dans son sommeil, aussi paisiblement que possible. Je m'en veux d'être capable de trouver une place pour chaque objet qu'il me reste de lui, d'accepter sa mort en acceptant de ranger les reliques. Je m'en veux d'être incapable de pleurer.

Plus que tout, je crois que je m'en veux d'avoir ressenti un immense soulagement. Pas lorsque mon père est mort – de ce soulagement je ne m'en veux pas car les dernières années de sa vie, et les derniers mois encore plus, étaient source d'une souffrance dont je ne pouvais que souhaiter le voir libéré – mais du soulagement ressenti lorsque le diagnostic de la psychose paranoïaque a été, très tardivement, posé. Lorsque j'ai fini par être obligée de le faire hospitaliser contre son gré parce que sa violence physique a commencé à mettre autrui en danger, et lorsque le chef de service de l'unité psychiatrique a mis des mots cliniques sur ce avec quoi je me débattais depuis des années, oui, j'ai été soulagée. Au moment où la pathologie de mon père a eu un nom, ma terreur de sombrer dans la folie, celle qui depuis l'adolescence ne m'a jamais lâchée, s'en est allée. Les années où j'ai eu l'impression de cheminer au bord du gouffre, l'acharnement avec lequel j'ai bâti l'échafaudage qui me maintiendrait dans la normalité, tout cela n'était plus les stigmates de ma propre fragilité psychique, mais seulement les conséquences d'avoir grandi en tenant la main d'un père adoré mais malade.

15.

Après une semaine à esquiver, à m'inventer des priorités et des urgences – laver les carreaux, parler longuement à ma mère, rempoter mes plantes, recenser les complots fascisants qui s'épanouissent sur les réseaux sociaux, faire de la confiture de fraise, me battre contre le site de l'Urssaf et perdre une fois de plus la bataille, enchaîner des heures de Skype et de Zoom, numériser de vieilles photos, me coudre des masques à la main, sortir tous les livres non lus de ma bibliothèque, regarder la saison entière d'une émission de téléréalité en une nuit, me peindre les ongles, mettre mon CV à jour, me couper (mal) la frange, consigner mes cauchemars, remettre les livres non lus dans la bibliothèque, ranger les grosses laines d'hiver et chercher un cordonnier ouvert –, je plonge enfin dans les lettres.

Je les parcours à toute vitesse une première fois, sans réellement comprendre ni retenir ce que je suis en train de lire. Je reprends au début, plus posément, gribouille quelques notes pour m'y retrouver. Je relis encore, les lettres, la nouvelle, j'y passe la journée entière. Au fil des heures, j'ai l'impression de dériver, de m'éloigner de moi-même, de m'effacer complètement pour me fondre en Milena. Le soir, lorsque les applaudissements commencent, je ne réalise pas tout de suite de quoi il s'agit, je pense qu'il pleut, je pense aux première gouttes d'un orage tropical, tellement je me suis diluée dans la vie et l'époque de cette inconnue qui m'apparaît désormais comme un étrange reflet dans le miroir.

16.

Je suis elle, ou elle est moi, je ne sais plus. Elle est moi si j'étais née une trentaine d'années plus tôt. Elle a vécu la vie que j'aurais dû vivre, si la guerre ne l'avait pas fait dérailler. Nous sommes nées dans la même ville, nous venons d'un milieu social semblable, nos mères sont les mêmes repères solides, nos pères ont souffert du même mal, nous avons eu les mêmes rêves, nourri les mêmes ambitions. La vie nous a distribué presque exactement la même donne de départ, il y a juste l'écart de trente ans – le moment historique dans lequel nous avons évolué – qui change tout.

Son adolescence s'est déroulée sous le ciel radieux de l'autogestion yougoslave ; la mienne fut un long crépuscule de nationalismes guerriers. Elle a réussi du premier coup le concours d'entrée de l'Académie des arts dramatiques auquel je me suis vautrée lamentablement, avant de me résoudre à l'exil, sans doute pour fuir à la fois mon propre échec et celui de la fraternité des Slaves du sud.

Alors qu'elle faisait les études qu'elle aimait, je poursuivais celles que j'avais choisies par défaut, juste parce qu'elles me permettaient de renouveler chaque année ma carte de séjour en France. À peine diplômée, elle a trouvé du travail au théâtre ; j'ai été baby-sitter, femme de ménage, modèle nue dans des ateliers de dessin, télémarketteuse, serveuse au noir des années durant. Elle vivait dans une mansarde romantique du centre-ville ; deux ans durant j'ai été à la rue. À 27 ans elle manifestait contre des conflits et des coups d'État dans des pays lointains ; au même âge, mon pays (qui fut aussi le sien) finissait de s'effriter dans des guerres fratricides. Elle a obtenu un logement d'État, j'ai mis longtemps à avoir les moyens de louer un appartement à peu près décent. Elle a vendu son trousseau pour s'offrir quinze jours d'escapade à Paris avec son amant, ma mère a dû brader l'argenterie familiale avant de quitter la Serbie pour l'Istrie. Son père a été diagnostiqué tôt et il a pu vieillir à l'abri d'une maison à la campagne, le mien a été obligé de demander l'asile politique et a vécu dans des hôtels miteux avant que je n'arrive à lui dégotter un HLM et quelques aides sociales.

Bien que ces lettres soient surtout les traces d'une histoire d'amour romanesque, ce qui me happe d'abord c'est tout cela, le contexte, l'époque, à quel point nos trajectoires partent du même endroit pour se dérouler dans des directions contraires. Il y a tout ce qui nous relie au départ et il y a la manière dont l'histoire nous a façonnées, si différemment.

Je suis à la fois jalouse, envieuse face à ce que fut sa vie, ce qu'aurait dû être la mienne, et en même temps, le monde qui naît entre les lignes de ses lettres d'amour étrangement me console. Tout comme le diagnostic de mon père m'a libérée de la peur de la maladie mentale, lorsque j'imagine ce qu'aurait été ma vie si la guerre et l'exil n'avaient pas eu lieu, je deviens plus tendre avec moi-même. J'ai fait de mon mieux, j'ai œuvré à me maintenir à la surface, j'ai appris à tricoter de la joie à partir de petits riens. S'il n'y a pas vraiment de quoi nourrir Wikipédia, il est temps que ça devienne suffisant.

Je m'oublie en Milena, je disparais. Je vis par procuration cette autre vie, cet autre parcours, me déleste de ce qui me pèse. Même quand elle se dit abattue, je la vois évoluer dans un paysage lumineux. Je suis consciente qu'il s'agit d'illusion. Que ce que Milena a choisi de partager avec Sam n'en constitue que des morceaux choisis. En écrivant, sans en avoir l'intention, on ment. Écrire, c'est toujours bâtir un monde, et il est illusoire de penser qu'on peut ne retranscrire que le réel, sans se prendre au jeu, sans réarranger, lisser, embellir, rendre dramatique tel événement banal ou omettre de nombreux détails qui feraient désordre. Quelques-uns doivent bien y arriver, mais à part Ernaux, personne ne me vient à l'esprit. Je suis tout autant consciente que c'est la femme de presque 50 ans que je suis qui lit ce qu'une femme de 30 à peine a écrit, et que cela également modifie la donne. Au moment où Milena se raconte à Sam, elle est encore loin des renoncements et des compromis, de tous les arrangements qui viendront avec les décennies suivantes.

Je constate qu'en dehors de la nouvelle, ce qui accompagnait les lettres – les photos ou le recueil de poèmes mentionnés – n'a pas été rangé avec la correspondance. Comment cette *lunch box* s'est-elle retrouvée dans une brocante ? Je me demande ce qu'il s'est passé après la dernière lettre que j'ai en ma possession. Milena et Sam se sont-ils retrouvés à Trieste ? Leur liaison a-t-elle continué, et si ce n'est pas le cas, pour quelle raison la correspondance s'arrête-t-elle aussi abruptement ?

Je me mets à imaginer les différents scénarios possibles.

17.

Les retrouvailles de Milena et Sam à Trieste quatre ans après leur dernier séjour parisien. Quelque chose est brisé, l'éloignement s'est creusé. Il y a le mariage de Sam et sa paternité, tous deux sont encore plus profondément ancrés dans leurs vies respectives, le deuil de Peter les alourdit. En se revoyant ils réalisent qu'ils ont raté leur moment, qu'ils sont devenus des étrangers et décident d'un commun accord de ne plus s'écrire. Sam garde les lettres dans un tiroir de son bureau, il les relit parfois au fil des années, lorsqu'il est d'humeur nostalgique. Au moment de la retraite, il les remise dans la vieille *lunch box* (ayant jadis appartenu à sa fille désormais adulte ; appelons-la Kate) entreposée avec d'autres souvenirs au grenier. C'est après que Sam meurt foudroyé par un infarctus, que Kate et sa mère – Bess ou Beth, on ne sait toujours pas –, en suivant les préceptes de la gourou du rangement Marie Kondo, se lancent dans un grand tri et tombent sur la correspondance. Elles se sentent trahies ; jamais Sam ne leur a parlé de Milena, alors que de toute évidence celle-ci a joué un rôle majeur dans sa vie. À propos de sa première nouvelle publiée, il les a assurées que le personnage était de pure fiction. Elles recollent les morceaux du puzzle. Ce pull-over affreux, vert caca d'oie, que leur époux et père n'a jamais voulu jeter, qu'il s'obstinait à porter le week-end. Sa lubie de vouloir déménager dans le Maine pour vivre ses dernières années au bord des Belgrade Lakes, la voilà l'explication. Tout n'était que mensonge, elles sont furieuses. Elles brûlent les photos de Milena, son recueil de poèmes – le peu qui en est traduit est dégoûtant, pour Kate encore plus que pour Bess-Beth – ainsi que le pull en laine vierge de Šumadija. Elles s'apprêtent à brûler les lettres, puis se ravisent et décident de les vendre plutôt, une manière symbolique de faire payer à Sam son infidélité et ses cachotteries.

18.

Ou bien : après les adieux définitifs et déchirants à Trieste, c'est Sam lui-même qui s'est séparé des lettres. Il n'a gardé que les photos, les glissant entre les pages de *L'Amant américain*, qu'il a tout de même emporté avec lui, lorsque avec Bess-Beth ils ont déménagé en Floride ; les hivers de la Nouvelle-Angleterre, ça va bien quand on est jeune, mais leurs vieux os préfèrent désormais le soleil de Sarasota. La *lunch box*, il l'a tout simplement mise dans une poubelle du campus où il enseignait. Une étudiante hippie (appelons-la Mary Jane), intriguée, l'y a récupérée, et a choisi de la garder après avoir découvert son contenu, pensant qu'un jour ça vaudrait une fortune. Mary Jane a la soixantaine aujourd'hui, elle porte toujours des foulards et des sarouels bariolés, cuisine des brownies qu'elle assaisonne de sa plante homonyme fétiche. Elle tient une minuscule boutique d'antiquités à Belgrade, dans le Maine, où elle vend également de l'encens, des huiles essentielles et des jeux de tarots divinatoires. Elle n'en revient pas qu'après toutes ces années, quelqu'un ait enfin acheté cette correspondance entre deux auteurs qui, à sa grande déception, ne sont jamais devenus célèbres.

19.

Ou encore : les retrouvailles à Trieste ont été difficiles, mais leur amour s'est avéré plus vivace qu'ils ne le pensaient, et Milena et Sam s'écrivent jusqu'à ce jour. Ils se donnent rendez-vous, une fois tous les deux ans au moins, à Paris, Rome, Lisbonne. Milena est venue plusieurs fois aux États-Unis; depuis la chute du mur, plus aucun agent consulaire ne lui pose des questions sur ses liens avec le Parti communiste et elle n'a guère de problème pour obtenir un visa. Cette année, à cause de la pandémie, c'est râpé, mais ils espèrent qu'au printemps prochain, ils pourront se rattraper, ils aimeraient bien voir l'Islande ensemble. Bientôt, ça fera un demi-siècle qu'elle dure, leur histoire, vous vous rendez compte ? Si la santé reste bonne – touchons du bois – ils prévoient de faire une croisière sur le Nil; il leur faut absolument marquer le coup! Milena a fini par se marier également, « sur le tard » disait-on à l'époque, ce qui la fait beaucoup rire à présent qu'aucune femme émancipée n'envisage d'avoir des enfants avant 35 ans. Les deux sont grands-parents, Sam vient même d'avoir une arrière-petite-fille, toutefois ils soignent toujours leur correspondance, et lorsqu'ils se retrouvent, ils constatent avec joie que leur grand âge n'a fait que rendre leur sexualité plus créative. Il va de soi que leurs conjoints respectifs savent. Pas dans les détails évidemment, mais les grandes lignes. Lorsque ça dure presque cinquante ans, les secrets sont impossibles à garder. Forcément des lettres ont été lues, de grandes disputes ont éclaté, des tempêtes ont secoué les ménages. Puis Bess-Beth et (appelons-le) Zoran, l'époux de Milena, ont fini par lâcher l'affaire, à accepter tout cela comme on ne peut qu'accepter une habitude de son conjoint qu'on a compris ne pas pouvoir changer. Après tout, si Milena et Sam avaient voulu tout plaquer pour vivre ensemble, ils l'auraient fait au siècle dernier. Les lettres, il y en a des centaines, des boîtes pleines, aussi bien dans la maison de Sam dans le Maryland, que dans celle à la campagne que Milena a héritée de son père. Sam n'a même pas remarqué que la *lunch box* contenant les premières années de correspondance a disparu. Quelqu'un a dû la jeter par mégarde (ou était-ce un acte manqué ?) lors d'un déménagement, sans doute celui qui a suivi son départ à la retraite. Des brocanteurs amateurs qui raffolent de ce genre de vieilleries ont dû la trouver.

20.

Au fil des insomnies, je remplis un carnet de scénarios possibles. J'ai commencé sans arrière-pensée, seulement parce que j'étais happée par les lettres, par curiosité ou par ennui, parce qu'il me fallait bien occuper ce temps décousu du confinement et que je n'en pouvais plus de ressasser les douleurs qui dernièrement se sont accumulées.

J'ai encore un peu cherché Milena et Sam dans le labyrinthe du World Wide Web, finissant par tomber sur quelques miettes. Son nom à elle sur une base de données cinématographique, créditée en tant que scénariste de plusieurs films et séries yougoslaves des années 1980. Celui de Sam sur un site de vente de livres épuisés. Je sais que si je m'y mettais sérieusement, je pourrais les retrouver. Il suffirait d'envoyer des demandes d'amitié à tous les Samuel Jacobs et toutes les Milena Djordjević – il y en a des dizaines sur Facebook, j'ai vérifié – et trier ensuite. Écrire à la RTS, aux vieux théâtres belgradois, au McDaniel College.

Faire circuler une annonce trilingue sur tous les réseaux sociaux. Les fameux six degrés de séparation de Frigyes Karinthy de 1929 ont été considérablement réduits de nos jours, je ne suis qu'à quelques poignées de main de n'importe qui dans le monde.

Or, je ne tiens pas à leur parler, à savoir ce qu'il s'est vraiment passé. La plongée dans cette histoire, telle que les lettres la racontent, m'emmène déjà dans un périple à travers la mienne. Un jour, j'aurai peut-être la confirmation que c'est bien Noah qui m'a envoyé le mystérieux colis, et peut-être que je ne l'aurai jamais, mais après avoir lu la correspondance, je n'ai plus de doutes, tellement j'ai de points communs avec Milena, et tellement ce qu'elle a vécu avec Sam ressemble, dans une version plus romancée, plus cinématographique, à ce que Noah et moi avons partagé.

21.

« S'il est un sujet à traiter dans le sillage du père mort, c'est l'amour, me semble-t-il[3]. » Je suis récemment tombée sur cette phrase dans un livre.

Ça faisait plus de deux ans que l'écriture se dérobait. Je travaillais quand-même, je fais partie des pas trop mal parés qui ont régulièrement des commandes, des piges, je menais à bien des adaptations, je pondais des articles. Cependant il s'agissait là de technique, de savoir-faire, d'accomplir ce que l'on attendait de moi en échange d'un salaire. Ce n'est pas à ça que nous pensons quand on nous demande si nous sommes en train d'écrire.

Aucune voix ne se faisait entendre dans ma tête, je ne me réveillais pas avec des images qu'il me fallait fixer sur la page, je n'étais pas hantée par des personnages qui exigeaient que je leur bâtisse un monde dans lequel ils pourraient s'ébattre. Peut-être s'agissait-il seulement d'un de ces passages à vide qu'il m'est déjà arrivé de traverser

---

3 *Dans la maison un grand cerf*, Caroline Lamarche.

auparavant ; tout auteur connaît ça. Peut-être que la maladie de mon père avait pris toute la place, m'arrimant au matériel, au concret quotidien, m'empêchant de sortir de moi-même, de me noyer dans la vie des autres. C'est à travers les lettres de Milena que, tout doucement, les voix de la fiction se sont à nouveau fait entendre dans ma tête.

En quelques jours, le carnet de notes s'est étoffé. Alors qu'un printemps de plus en plus radieux se posait sur ce premier confinement et que les Parisiens se retrouvaient aux coins des rues, sur des bancs, dans les allées des marchés, j'ai glissé dans cet autre espace-temps, celui dans lequel l'imaginaire prend le pas sur la réalité, et où mon histoire s'est mise à s'entrelacer avec celles de Milena, de Sam et Peter, de Lily et Clara.

22.

L'année où j'ai rencontré Noah, j'ai quitté les États-Unis sans savoir si j'aurais l'occasion de revenir dans ce *college*. Mon contrat a pris fin, et alors que précédemment je n'avais jamais souhaité refaire le même cours dans la même fac, ces mois que j'avais passés à débattre, rire et danser avec notre petite bande, mais surtout à me rapprocher de Noah, me faisaient espérer qu'il y aurait une deuxième saison. Lui non plus n'était pas sûr qu'à l'automne suivant, il pourrait à nouveau s'absenter de son travail trois mois durant. Nous avons savouré une dernière fête puis nous avons fait nos valises tandis que la première neige recouvrait les pelouses du campus, tristes de nous séparer, comme on l'est toujours après avoir vécu des moments particulièrement joyeux. Ça avait un arrière-goût de fin de colonie de vacances.

Je devais repartir de Boston, mais j'ai modifié mon vol à la dernière minute, acceptant l'offre de Noah de faire le trajet jusqu'à New York en voiture avec lui. Il a pris des routes de campagne pour soi-disant me faire voir du pays, m'avouant plus tard avoir surtout cherché à prolonger ces heures passées ensemble. Nous avons fait de grands détours, nous arrêtant plusieurs fois en chemin dans des *diners* de patelins égarés au milieu des forêts et des vaches. Dans l'un d'eux, nous avons marché un moment pour nous dégourdir les jambes, tombant au coin d'une rue sur une brocante du week-end. Il a insisté pour m'offrir le mange-disque vert d'eau datant des années 1960 que j'avais trouvé joli ; l'excédent de bagages m'a coûté soixante-dix dollars le lendemain à JFK et j'ai mis des mois à trouver les enceintes correspondantes sur ebay. Nous avons beaucoup parlé, nous avons pris du plaisir à nous taire ensemble, nous avons chanté avec Leonard Cohen et Joni Mitchell.

Il était tard lorsque la *skyline* de New York est enfin apparue. Nous avons bu un pichet de margarita dans le bar au pied de l'hôtel où j'avais réservé une chambre pour la nuit, puis sentant que l'alcool pourrait nous entraîner vers ce que nous avions réussi à éviter au fil des semaines passées, nous nous sommes dit au revoir en nous promettant de nous écrire. Ce que nous avons fait durant les mois qui ont suivi.

Assez rapidement, sans doute parce que l'océan entre nous a semblé être un garde-fou, nous avons posé des mots sur ce qui n'avait pas été explicité précédemment. Il ne s'agissait pas uniquement d'une rencontre amicale, nous nourrissions des sentiments amoureux l'un pour l'autre. Nous nous félicitions d'avoir été raisonnables, car nous étions pris tous les deux (enfin, surtout lui ; après la rencontre avec Noah, je n'ai pas tardé à me dépêtrer de mon histoire foireuse), en plus de la distance géographique et de la différence d'âge. Pas que cette dernière nous posât problème en soi, ce n'était nullement le cas, seulement elle mettait le doigt sur des moments de vie très différents, lui se cherchant encore et moi certaine de m'être trouvée (les bêtises que l'on se raconte). Et puis surtout, la rencontre était trop belle pour qu'elle se trouve réduite à une coucherie de fin de soirée arrosée ou qu'elle soit ternie par des cachotteries qui inévitablement l'accompagneraient. Plus tard, nous en avons ri ensemble, de ces mois de correspondance où il était évident qu'on cherchait à se convaincre, soi-même autant que mutuellement, de quelque chose à quoi nous ne croyions pas vraiment. Cette volonté de garder notre relation platonique n'avait eu pour résultat que d'alimenter l'envie de se laisser aller. Ayant découvert que nous aimions pareillement Berlin, nous nous disions en plaisantant que si nos sentiments demeuraient inchangés à l'avenir, nous pourrions nous y retrouver un jour et voir ce qu'il en était. « Il nous reste toujours Berlin », nous disions-nous lorsque le désir nous tourmentait, nous prenant pour des personnages cinématographiques dans la nuit de l'aéroport de Casablanca.

Au fil du temps, parce que l'éloignement et parce que nos vies bien remplies par ailleurs, ça a eu l'air de s'émousser. Peut-être qu'après tout ce n'était pas si sérieux, qu'il ne s'était agi que d'un moment et que ce moment était passé. Nous commencions dorénavant nos mails par « *Hey buddy* » et « *Dear friend* », cessant de mentionner Berlin sous la neige où nous allions un jour nous donner rendez-vous pour vivre notre passion fantasmée. N'empêche que lorsqu'on m'a finalement proposé de revenir donner un cours dans ce college du New Hampshire, j'ai accepté sur-le-champ. Quelques jours plus tard, Noah m'écrivait qu'il s'était débrouillé pour obtenir de nouveau une absence sans salaire de son lycée parce qu'il fallait absolument qu'il mette un point final à sa thèse.

23.

La date annoncée de la fin du confinement se rapproche. Les serveurs des bistrots de mon quartier construisent de savantes structures de palettes pour mordre sur les places des parkings et étendre les terrasses. Quelques fleuristes, libraires et autres commerces dits non essentiels n'attendent pas le feu vert officiel pour rouvrir. Apéros et dîners s'organisent. Et moi, j'ai enfourché le tigre et je me suis remise au travail.

J'ai imprimé tous les mails échangés avec Noah à l'époque où nous nous sommes écrit régulièrement, ressorti de vieux journaux pour y piocher des détails oubliés, élaboré des plans et pris des notes, décidée à bricoler un roman à partir du matériau de cette dernière passion vécue. J'ai noirci des pages pour poser le contexte, esquissé mon enfance belgradoise ponctuée par les sonneries des tramways remontant et descendant le boulevard de la Révolution, les étés istriens et les premiers baisers, les nuits sur la plage au son des guitares désaccordées, la guerre qui vient abruptement faire dévier les destins, l'entrée dans les années d'exil comme dans une longue saison de cieux plombés et de crachin. J'ai romancé afin de rendre rock'n'roll ce qui fut surtout éprouvant et pas mal glauque, finissant par me faire croire à moi-même que tout fut exactement ainsi, puisque c'était écrit. Pour le personnage masculin, j'ai inventé une famille juive de Brooklyn en panachant les anecdotes que Noah m'avait racontées avec des emprunts éhontés dans des livres et les films aimés. Je me suis laissée tenter par l'idée d'un happy end, avec retrouvailles à Berlin sous la neige des années après. Une nuit blanche à danser, un brunch à Prenzlauer Berg, l'amour qui triomphe et *tutti quanti*. En deux semaines, j'ai pondu un premier jet, une cinquantaine de pages de jus concentré que je prévoyais de rallonger et faire respirer au fil des mois à venir.

À chaque fois, je me fais avoir par les endorphines que mon hypothalamus et mon hypophyse sécrètent. J'ai beau savoir que c'est traître, qu'en relisant dans un mois ou deux il y a de fortes probabilités que je trouve tout ça inepte, sur le moment je me crois géniale, inspirée et habile. Je suis convaincue que je tiens enfin le livre qui fera un carton, celui que des dizaines de milliers de lectrices (et peut-être même quelques lecteurs) s'échangeront sur les plages, et qui relancera les ventes de tous les précédents écoulés, au mieux, à quelques centaines d'exemplaires.

24.

Il ne me faut pas attendre un mois ou deux pour me rendre compte que c'est mauvais. Pour savoir que ça ne tient pas seulement au fait que c'est sorti très vite et sans avoir été réellement pensé en amont, ni aux circonstances qui font que je suis complètement déconnectée de la réalité. En me relisant, je constate à quel point mon machin manque de chair. C'est scolaire, appliqué. Le contexte est posé mais les personnages peinent à s'en détacher, à prendre vie, ils sont bidimensionnels, des silhouettes à peine, comme celles d'un roman-photo.

J'ai écrit pas loin d'une cinquantaine de textes différents, or je ne sais toujours pas ce qu'est censé être de la « bonne littérature ». Si on m'invite dans des librairies et des médiathèques, qu'on m'accorde des bourses et des résidences, qu'on me fait parfois l'honneur d'un papier élogieux, ni chiffres de ventes conséquents ni prix convoités ne sont jamais venus me faire croire que la littérature se portait mieux grâce à ma contribution. Il m'est arrivé qu'un inconnu vienne me parler dans un salon pour me dire que mon livre l'avait bouleversé et qu'il ne quitterait plus sa table de chevet, mais il m'arrive beaucoup plus fréquemment qu'on s'approche de la table où je bâille derrière une pile de bouquins pour me demander où se trouvent les toilettes.

Le succès commercial et médiatique n'est pas forcément l'étalon de mesure de la valeur d'une œuvre ; tout de même, ça fait trop longtemps que j'exerce ce métier pour continuer à claironner qu'il n'a aucune importance. Le moment inédit que nous traversons ne fait qu'accentuer mon sentiment de précarité. En étant dans l'impossibilité d'encadrer des ateliers, de partir en résidence, de participer à des rencontres, mon œuvre sert seulement à occuper une étagère de ma bibliothèque, à rendre fière ma mère, et je suis à mille lieues de pouvoir compter sur les droits des ventes pour payer mes factures et remplir mon frigo.

Je sais que la bonne littérature et la littérature qui marche sont deux choses distinctes souvent. La première n'est que subjectivité, une histoire de goût ; la seconde s'inscrit dans un paysage économique et obéit au fonctionnement d'un système. Des fois, il arrive que goûts et loi du marché se rejoignent. Ces considérations reviennent me titiller périodiquement, cependant je fais tout pour en faire abstraction lorsque je me mets au travail. Je m'applique à rester lectrice naïve de ce que je tente de faire. Je relis en m'imaginant que ces pages sont signées d'un nom inconnu, et je me demande si elles m'embarquent. Lorsque je parviens à y répondre par l'affirmative, je juge que c'est bon ; ensuite, advienne que pourra. Le reste – la réception, les ventes – n'est plus de mon ressort. J'ai toujours fonctionné ainsi. Or, dans le cas présent, le livre qui se dessine dans cet étrange moment, je dois me l'avouer, m'ennuie à mort et je doute fort qu'il ait un quelconque potentiel de me rendre riche et célèbre.

Mon premier jet est bancal. Cette histoire d'amour plutôt fadasse. J'aurais bien aimé être capable d'en faire un bouquin de *chick litt* qui viendrait côtoyer les tubes de crème solaire au fond des cabas en paille et qui me mettrait financièrement à l'abri. Même si après maints obstacles et péripéties j'offrais à ce couple une fin heureuse, ça ne fonctionnerait pas. Je n'y crois pas moi-même. Pas seulement parce que la femme est trop vieille et l'homme trop paumé pour obéir aux archétypes du genre, mais parce que la mélancolie avec laquelle ils se débattent tous les deux dépasse largement la question de leur capacité à faire triompher l'amour.

Je me suis perdue en cours de route. Ça me semble absolument dingue après coup. Comment ai-je fait pour partir de ce que le colis et son contenu ont soulevé en moi et me retrouver avec ce premier jet complètement cucul ? Ce qui manque, c'est la maladie et la mort du père. On ne tricote pas de la *chick litt* à partir de la pelote embrouillée de deuils successifs. Ce qui manque plus que tout, c'est Milena. Sans elle, mon histoire demeure creuse.

25.

Je suis une poupée russe, voilà ce que je réalise soudain. Ce que je comprends, c'est que toute seule, même ornée de mille détails, je reste creuse. L'unique intérêt que je présente est de contenir de plus petites poupées à l'intérieur et de m'emboîter dans de plus grandes que moi. De porter d'autres femmes dans mes entrailles et de m'abriter au cœur de celles qui m'ont précédée. Il n'y a que dans cette mise en abyme, cette déclinaison, que mon vécu – ce que je suis capable de tricoter à partir de lui – prend du relief. Mon histoire avec Noah, si elle ne résonne pas avec celle de Milena et Sam, avec celle de Clara et Lily, n'est que de la guimauve.

Je vogue de déprime en révélations exaltées. Un instant je me trouve brillante, l'instant suivant je suis convaincue d'être indescriptiblement nulle. Un soir je crois avoir trouvé la meilleure idée du monde et le lendemain je prévois de me reconvertir professionnellement. Je laisse les messages s'accumuler sur ma boîte vocale, je ne rappelle pas les copains qui se précipitent aux terrasses des bistrots enfin rouverts. Subitement, on dirait que toute ma vie dépend de ce que je suis en train de faire, de ma capacité à mener à bien ce projet d'écriture.

Puisqu'une fée inconnue m'a fait parvenir ces lettres – quand bien même c'est Noah qui en serait l'expéditeur, je suis à présent persuadée qu'elles proviennent d'un espace-temps mystique et qu'il n'en a été que le passeur –, je décide qu'elles m'appartiennent, que j'ai le droit d'en faire ce qui me chante. Je vais les relire cent fois encore, jusqu'à les connaître par cœur, les faire miennes. Je vais les traduire en français, modifier ce qui m'arrange, les condenser, les réécrire, pour les plier à ma vision. Je vais m'approprier la nouvelle de Milena et la remanier. Je vais devenir Milena, celle qui a eu la vie qui m'était promise et dont j'ai été spoliée. Si Milena s'est autorisée à piller le récit de Lily/Clara, alors rien ne m'empêche de me servir dans le sien. Je vais écrire sur trois femmes qui fréquentent des hôpitaux psychiatriques et qui écrivent, et sur trois amours contrariées. Je vais étendre mes bras pour embrasser un siècle entier. À partir de la nouvelle inaboutie, je vais fabriquer la plus petite des matriochkas, celle qui en constitue l'embryon, que je vais insérer dans une plus grande tricotée à partir des lettres de Milena, puis je vais l'engloutir avant d'aller me lover dans le ventre des bien plus vastes que moi. Je convoque les Brontë, Austen, Woolf, Beauvoir, Duras, Morisson, Oates, pour me montrer le chemin.

La façon dont je me jette dans ce projet d'écriture a tout d'un délire, d'une manie. Dans la mythologie grecque, Mania est la déesse de la folie. Elle apparaît parfois comme multiple et se confond avec les Erinyes, justicières selon certains, furieusement vengeresses d'après d'autres. Chez les Romains, elle est la patronne des Mânes, ces bonnes divinités chargées de rendre hommage aux morts, voire de les venger si besoin. Me voilà lancée dans un labyrinthe d'articles (pas toujours sérieux) sur les relations complexes qu'entretiennent la maladie mentale, la création, la mort et l'amour.

26.

Il y a longtemps, j'ai vécu une histoire d'amour qui m'a fait perdre pied. J'ai terminé aux urgences psychiatriques. Je l'ai écrit tant de fois, cet amour fou, que je ne me souviens plus vraiment de cet homme, de nos conversations, de nos nuits blanches et de nos matins bleus. Les souvenirs ont pâli comme ces vieux Polaroids sur lesquels les corps et les visages se floutent et s'effacent, où il ne reste plus que des taches de couleur, d'ombre et de lumière, aux endroits où des personnes se sont tenues. Les images de la fiction ont remplacé celles de la mémoire.

Il n'y était pour rien, cet homme, dans ma chute. Celle-ci n'a pas été causée par notre amour, qui ne fut que tendresse. Nous nous sommes seulement trop déshabillés l'un face à l'autre, nous avons quitté nos peaux pour nous fondre ensemble, nous avons confondu nos plaies mal cicatrisées et nos deuils, nous nous sommes égarés dans le labyrinthe de nos exils, que nous avons mariés, nous avons entrelacé nos racines, tout cela est devenu trop lourd et trop emmêlé pour pouvoir tenir en équilibre. Il n'y était pour rien, il m'avait juste aimé du même amour inconditionnel, il m'avait seulement regardée de la même manière que, jusque-là, seulement mon père l'avait fait.

C'est l'écriture qui m'a fait revenir, c'est à partir d'elle que j'ai tissé ensuite tous mes filets de sécurité, que je me suis arrimée à la paroi à chaque fois que j'ai senti que quelque chose pourrait me faire basculer de nouveau. Celles qui avant moi avaient écrit sur l'amour et la folie m'ont épaulée comme des tutrices. Et au fil des vingt années qui ont suivi, à chaque fois qu'une rencontre amoureuse me bouleversait, à chaque fois que j'entendais gronder en moi le désir de me jeter dans le vide, je me suis souvenue de la douleur de la chute et j'ai fui. Je ne me suis plus jamais fait confiance. J'ai décidé que la place de ces histoires-là était dans les livres. Je ne me suis jamais rendu compte que le vertige de l'écriture pouvait être aussi dangereux que celui de l'amour fou.

27.

J'ai mis du temps à prendre la mesure d'à quel point le choix des mots qu'on pose sur les choses participe à enfanter une réalité. Je suis consciente que cette découverte, de la part de quelqu'un qui a passé les deux tiers de sa vie à écrire, est cocasse, n'empêche que l'évidence a mis un moment à me sauter aux yeux. Dans la mythologie familiale, le roman d'enfance ou le récit initiatique, il me semble à présent plus intéressant de m'attacher à comment on le raconte, aux formules qu'on emploie, qu'aux événements en soi.

La maladie de mon père n'a jamais été envisagée comme telle, jusqu'à ce qu'elle ne devienne impossible à ignorer. Pourtant, elle a été dite, depuis le début. Ainsi, il fut le génie fou ou le fou génial, l'homme étrange qui vivait dans son monde, celui qui avait du mal avec le prosaïque du quotidien, le taiseux, le difficile à cerner, l'adorable misanthrope, l'excentrique caractériel. Je sais aujourd'hui qu'un diagnostic plus précoce n'aurait rien changé. À ma connaissance, sa pathologie était de celles qui ne se soignent pas vraiment et que les personnes atteintes n'acceptent jamais. Un diagnostic posé plus tôt lui aurait probablement juste donné les preuves du complot dont il pressentait être la victime et il se serait encore plus éloigné, il aurait rompu les liens qui le reliaient à son entourage dix, vingt ou trente ans plus tôt. Je ne peux pas en être certaine mais parfois je me dis que pour moi, en revanche, d'autres énoncés auraient fait la différence.

De moi, on disait que je souffrais d'états d'âme typiques de l'adolescence, que j'étais la fille de mon père, que j'étais l'illustration de la fameuse mélancolie slave, que j'avais tendance à être excessive, trop entière et passionnée. Aussi, j'ai eu des phases, des passages à vide, ou encore j'étais paresseuse et trop gâtée par la vie, ou au contraire j'étais malmenée par les circonstances. Il n'y a pas que « on » qui le disait ; moi-même j'employais ces tournures pour me décrire.

Je me suis retrouvée aux urgences psychiatriques parce que j'avais pété un câble, j'avais craqué, je traversais un moment compliqué. Je me souviens que les termes employés par le psychiatre de garde qui m'avait reçue – décompensation, psychose brève, dépression –, même s'ils étaient suivis d'une intonation en point d'interrogation et des précautions d'usage qui accompagnent en général ces diagnostics intempestifs et sommaires, ont eu pour effet immédiat de me sortir de mon état second.

J'avais seulement un peu disjoncté, ce n'était pas la peine de me coller des étiquettes de ce genre ni de me prescrire de quoi assommer un cheval. La psy que j'avais vue quelques mois par la suite m'avait fait remarquer que lorsqu'elle me demandait de lui parler de mon enfance, les mots que j'employais étaient ceux d'une narration romanesque plutôt bien ficelée ; sans doute trop, me laissait-elle entendre. Lorsqu'elle m'a dit qu'il faudrait peut-être mettre un coup de pied dans tout ça et aller fouiller dans ce qui était occulté, j'ai décidé qu'elle était insupportable, que la poussière de son cabinet provoquait chez moi des réactions allergiques et que j'avais autre chose à faire aussi bien de mes mercredis soir que de mes sous ; aller boire des coups en terrasse avec les copains, par exemple. Mon père, à qui j'avais résumé cette interaction, a levé les yeux au ciel, enchaîné avec un discours sur l'incompétence systématique des médecins français, avant de disparaître et me laisser sans nouvelles pendant plusieurs années.

28.

La terreur ressentie durant les semaines qui ont précédé mon passage aux urgences, je ne l'ai jamais oubliée. J'évitais d'y penser, mais le souvenir de cette chose qui m'oppressait et me coupait le souffle, de la ronde infernale des pensées me privant de sommeil, du temps qui s'arrête et enserre, m'a longtemps hantée. J'ai fait du yoga et du tai-chi, bu des tisanes, badigeonné mes poignets d'huiles essentielles, jeté journaux et lettres témoignant de ce moment, appris à ranger encore mieux, à archiver les démons dans des boîtes proprement étiquetées de formules euphémisantes. J'ai fait le travail, je le clamais à voix haute, j'avais compris quels sentiers il me fallait emprunter pour avancer, et lesquels, trop ombrageux, je devais dorénavant à tout prix éviter. Le continent sur lequel je ne devais plus jamais remettre un pied était celui de l'amour fou.

Les mots pour le dire, encore une fois. L'amour. Fou.

Je n'ai pas pour autant enchaîné que des amours raisonnables durant la décennie qui a suivi. On ne change jamais radicalement, on apprend seulement à porter un regard un peu plus lucide, un peu plus alerte, sur ses propres penchants.

Quand on a été la fille unique d'un père plus grand que nature, le génie fou et le fou génial, un père aimant et tendre, drôle et dévoué, qui nous a depuis les prémices de la conscience répété que nous étions à part, nous deux face au monde, face à eux, tous les autres, qu'il était celui qui avait les réponses à toutes les questions, qui préférait nous bâtir des cabanes et nous fabriquer des maisons de poupées et nous coudre des robes plutôt que d'aller au travail, qui balayait d'un geste de la main les mauvaises notes dues à la bêtise des professeurs et n'ayant rien à voir avec nos capacités, qui pour amuser la galerie déclarait « ma fille ne se mariera jamais, elle restera toujours avec son papa », il est illusoire de penser qu'on ira spontanément vers les bons gars solides, posés et carrés. Les farfelus, les artistes maudits, les mélancoliques, les marginaux, les incandescents, les casse-cou, c'est ceux-là qui m'appelaient. Cependant, j'avais appris la vigilance.

J'avais appris à fuir dès que mes pensées se mettaient à m'assiéger. Étymologiquement, l'obsession est un état de siège. Dans le jargon ecclésiastique, une personne obsédée est assaillie par le Malin ; c'est ce qui précède la possession. Je suis devenue une fildefériste experte. Les amours fatales, il n'y a qu'ainsi que je pouvais les parcourir, en équilibre sur les bords du ravin. Je connaissais l'attrait du vide, la pulsion à m'y laisser choir. Je me surveillais comme quelqu'un qui se débattait avec une dépendance. Nous ne sommes pas égaux face au danger. Certaines portent le gène BRCA sans jamais développer un cancer du sein, d'autres sont emportées en quelques mois. J'ai une capacité de digestion gargantuesque, alors que j'en connais qu'un repas à peine plus gras ou plus lourd que d'habitude précipite dans les affres de la crise de foie. Certains cœurs, comme certains radius, peuvent être brisés à plusieurs reprises au cours d'une vie et se ressouder sans séquelles ; le mien n'est pas de ceux-là. L'obsession amoureuse est ma kryptonite. C'est pour cette raison que les amours fatales, je les ai mises en cage, enfermées dans mes livres.

29.

Nous avons couru en direction du précipice, ce deuxième automne dans le New Hampshire, Noah et moi. La manière dont nous nous sommes jetés l'un dans l'autre ne pouvait que présager comment tout cela allait finir. Mais les humains aiment se raconter des histoires plus que tout.

Quelques copains de l'année précédente étaient revenus également. Dès le premier soir nous avons fêté les retrouvailles en enchaînant les tournées dans le décor vieillot du Hunter's Lodge. Nous avons repris notre table à l'étage de la cafétéria, à côté de la baie vitrée, tels des *cool kids* de séries acidulées. Les campus américains ont un effet régressif certain. On vit dans des chambres identiques alignées le long des couloirs des dortoirs, on se brosse les dents côte à côte dans les salles de bains collectives, on vient garnir nos plateaux repas de nourritures que d'autres – des adultes – nous ont préparées. Tout est pensé pour nous extraire de la vraie vie. Éloignés de nos familles et de nos repères habituels, on évolue dans un décor de pelouses parfaitement entretenues, de fauteuils Adirondack sous les arbres, de moquettes épaisses et de canapés moelleux des bibliothèques. On passe des heures à refaire le monde, à débattre de littérature et de cinéma ; on se lance des frites pour signifier son désaccord.

La culture pop nous a tous tellement abreuvés de cette imagerie. Le contexte a eu son rôle à jouer. Sans doute aussi que je m'offrais un *remake*. Mes années étudiantes ont été marquées par la débrouille, la guerre, l'absolue précarité. Je ne me suis jamais sentie aussi légère, aussi insouciante que durant ces mois américains où j'ai eu l'impression d'évoluer dans un paysage tout de *bubble gum* rose.

En écoutant une étudiante aux lèvres pincées malmener Brahms, Noah a pris ma main. Après le concert il m'a raccompagnée jusqu'au dortoir des profs (l'administration, échaudée par les fiestas de l'année précédente, ne m'avait pas attribué une maison cette fois). Il s'est mis à pleuvoir, nous nous sommes abrités sous un arbre, nous nous sommes embrassés. Je me souviens à présent que ce premier baiser, déjà à cet instant, avait fait remonter le souvenir du garçon de Brescia et de mes 17 ans. La mémoire du corps dessine ses ellipses et ses propres frises du temps.

La suite est floue. À nouveau, l'été indien qui s'éteint dans l'incendie des feuillages d'érables. Les pique-niques au bord du lac, le mauvais vin du Hunter's Lodge et la bière renversée des soirées dansantes. Nos fous rires lorsque je me faufilais dans la chambre de Noah, après qu'il s'était assuré que le couloir était vide. Les peaux, les lèvres, les chuchotements. Tout ce que nous avions à nous dire. L'émerveillement de la découverte. Le pressentiment d'un temps compté, balayé par le présent qui, dans sa fulgurance, suspend toute notion de durée. Mes cours improvisés après les nuits blanches. La joie. Les mains, les bouches, les murmures, encore.

Depuis l'amour fou, j'avais veillé à ne plus m'abandonner à cette ivresse. Face à Noah, je ne me suis pas méfiée. Car ça ne ressemblait en rien à ce que j'avais éprouvé face à l'homme de l'amour fou, c'était à l'opposé. Si j'avais eu le souffle coupé, des papillons affolés se cognant contre mes côtes, si le bonheur avait été douloureux par son intensité, j'aurais sûrement reconnu l'éclat de la kryptonite plus tôt.

J'avais oublié que l'amour avait ce pouvoir-là, celui de se présenter à chaque incarnation sous des traits qui apparaissent comme totalement nouveaux, de tout réinventer au point de nous faire croire que ce dans quoi nous entrons est absolument inédit, de nous faire croire que nous sommes autres, nous-mêmes, parfaitement vierges de ce que nous avons déjà traversé.

30.

Il devait s'absenter un week-end, rentrer à New York pour assister au mariage d'un ami. Durant les jours qui ont précédé, Noah a été tendu, anxieux. La bulle a éclaté, le chewing-gum avait un arrière-goût de plastique. De ces journées, il me reste une image des mouettes prises dans la viscosité d'une flaque de pétrole. Les corps se sont éloignés, anticipant la séparation à venir. Nous rentrions dormir chacun dans sa chambre, prétextant un trop important manque de sommeil à rattraper. Il m'a demandé si je pensais qu'il devait en parler à sa fiancée et je n'ai pu que lui renvoyer la question.

J'ai dit que tout cela était un peu dingue, que nous nous étions entichés l'un de l'autre comme des gamins, qu'il nous fallait nous raisonner, respirer un coup, laisser reposer. Que je n'y avais pas vraiment réfléchi. Qu'il était bien trop tôt pour décider de quoi que ce soit, pour bouleverser nos vies de fond en comble. Il m'a avoué y avoir pensé, lui. À rompre ses fiançailles. Qu'il avait même regardé des postes de prof en Europe, puisqu'il s'imaginait que je n'étais pas prête à quitter Paris dans l'immédiat.

Je me suis demandée par la suite si la possibilité de vivre cet amour dans la durée, de transformer l'essai, n'est pas ce qui m'a véritablement terrifiée, bien plus que la parenthèse d'un amour impossible qui surprend par son intensité.

Je ne m'étais même pas rendue compte que j'avais trébuché sur mon fil de fer. Durant l'absence de Noah, je me suis fait peur. Le vin du Hunter's Lodge me filait migraines et aigreurs d'estomac. La pluie imbibait les feuilles mortes et je pataugeais dans la boue entre mon dortoir, ma salle de cours et la cafétéria. Soudain, les conversations autour de la table près de la baie vitrée à l'étage m'ont semblé ennuyeuses et puériles. J'avais 40 ans, j'étais pathétique à me comporter comme une étudiante américaine de série télé. Mais surtout, j'étais à nouveau assiégée, obsédée ; chose que je m'étais promise de ne plus revivre.

De New York, Noah est rentré triste et tourmenté. Se sentant coupable d'avoir eu à mentir. Il était fou de moi, disait-il, mais il s'est rendu compte qu'il n'en aimait pas moins sa fiancée. Il a même failli ne pas revenir, planter la fin du semestre, m'a-t-il dit, mais l'idée de ne pas me revoir lui était insupportable. Il voulait que je décide pour lui, pour nous. Je ne supportais plus le décor en carton-pâte, le café immonde et les gobelets en plastique. Plus que tout, je ne supportais pas la détresse que je ressentais. Le mélodrame à deux balles dans lequel je m'épanchais. Le fait que tout ce que j'avais construit, arraché aux gouffres passés, me soit à cet instant indifférent, m'a tétanisée. Que soudain, seule compte la présence de l'autre. Aimer, tel que je l'avais appris, c'était renoncer à sa liberté, se perdre, et ça, oh non ! Plus jamais.

I am too old for this shit, j'ai dit en partant au milieu de la conversation.

31.

Lucie m'appelle pour me dire qu'elle est dans mon quartier et me propose de la rejoindre à la terrasse du coin. Je n'aurais pas dû décrocher, je réponds que je ne peux pas, je suis en train de faire quelque chose. Alors je prends une bouteille de blanc et je monte chez toi, ça te fera une pause, dit-elle sans me laisser le temps de protester.

Lucie me connaît depuis très longtemps. Nous avons partagé une chambre de bonne il y a vingt-cinq ans. Nous étions toutes les deux à la rue, elle était partie de chez ses parents lorsque son coming out n'avait pas été très bien accueilli à la table familiale, et moi j'étais dans un de ces moments entre deux remplacements de filles au pair ou deux sous-locations. Nous nous sommes rencontrées un 1er décembre à l'occasion d'une manif d'Act Up, nous avons sympathisé, elle m'a proposé qu'on se prenne une piaule ensemble. Vu que nous étions pareillement fauchées, ça nous laisserait le temps de mettre des sous de côté pour chercher autre chose par la suite. Nous avons habité à deux dans les dix mètres carré mansardés presque une année durant. Je râlais contre la techno atroce qu'elle me faisait subir, elle pétait un câble lorsqu'au lieu du gruyère râpé pour accompagner les pâtes, je ramenais du supermarché un bouquet de fleurs. Nous avons failli nous entretuer à cause de la dernière paire de chaussettes propres (je ne me souviens plus s'il était question des miennes qu'elle avait prises ou si c'était l'inverse) ; peu de temps après nous avons déménagé ailleurs, chacune de son côté.

Nous ne nous voyons pas souvent, une ou deux fois par an. Mais elle est ma seule amie à avoir été là à chaque étape de ma vie. Durant les années de galère, lorsque j'ai signé mon premier contrat d'édition, quand j'ai retrouvé mon père dans l'hôtel sordide où il se terrait. C'est Lucie qui à l'époque de l'amour fou m'a emmenée aux urgences. Peut-être parce qu'elle est éducatrice, elle a un nez infaillible, elle se manifeste toujours complètement par hasard dans un de ces moments-là, comme si elle pressentait que je suis en train de tanguer.

C'est quoi ce délire ? demande-t-elle en entrant dans mon salon. Tu te prends pour Carrie Mathison ?

32.

Sur le mur au-dessus du bureau, j'ai punaisé les lettres de Milena, réduites à quinze, que j'ai traduites et réécrites. Sur la porte de la chambre sont épinglés plans et photos de Berlin. Mes échanges de mails avec Noah et des piles d'articles trouvés sur internet que j'ai imprimés s'entassent sur le canapé, il y a des Post-it et des photos de mon père scannées collés partout.

« Avec le bordel que c'est en ce moment, c'est hors de question qu'on aille aux urgences, me prévient Lucie. En revanche, je dois avoir du Xanax dans mon sac. » Je décline en riant et lui dis que l'aligoté fera l'affaire. Je ne suis pas angoissée ni délirante, juste un chouïa obsédée par une histoire de ouf qui m'est arrivée. Je range sommairement pour qu'on puisse s'asseoir. Je lui raconte le colis mystérieux, Belgrade dans le Maine, Milena, Clara et Lily, lui rappelle l'histoire avec Noah qu'elle avait complètement oubliée. Je lui explique que ça faisait un moment que je n'arrivais pas à écrire, que j'ai tourné dans mon appart, complètement démunie, durant le confinement, mais que là, je crois que je tiens un truc que j'essaye de bâtir en mélangeant les différentes histoires.

Bon, c'est super tout ça, mais tu sors ? Tu vois des gens ? Lucie se lance dans un exposé sur le syndrome de la cabane, me parle de gens qu'elle connaît qui restent enfermés alors que le confinement est levé, des gamins avec lesquels elle bosse qui pètent les plombs à force d'être prisonniers dans des logements surpeuplés. Le problème avec les personnes qui nous ont accompagnés dans les pires moments de nos vies est qu'elles nous associent toujours à ces circonstances. Je la rassure, je dis que je sors tous les jours, je fais un tour du quartier, que je vais même à la piscine deux fois par semaine, et que si je n'ai revu quasiment personne, c'est uniquement parce que la naissance d'un roman nous isole toujours dans un autre monde. C'est obsessionnel par définition, l'écriture, c'est comme ça que ça marche. Cette obsession-là n'est pas à craindre, elle me protège de toutes les autres. Lucie ne semble pas convaincue, elle me trouve un brin trop barrée tout de même. Pour lui faire plaisir et pour qu'elle ne se mette pas à m'appeler tous les jours, j'accepte de l'accompagner lorsqu'elle doit rejoindre des amis. Nous dînons sous les acacias de la place Sainte-Marthe, aussi bondée que la gare de Mumbai.

En rentrant, pompette et repue, à 2 heures du mat, je pose mon pied sur quelque chose de rond et me vautre de tout mon long. Un jeune couple vient m'aider à me relever, je me suis foulée la cheville, je sais qu'au matin elle aura doublé de volume. Je ne vais pas être capable de remonter la rue de Belleville jusqu'à chez moi ; s'ils pouvaient m'arrêter un taxi je leur en serais très reconnaissante. Pendant qu'ils font de grands gestes au bord du trottoir – ils sont bien plus pompettes que moi –, je regarde par terre en cherchant sur quoi j'ai trébuché. Il s'agit d'un porte-clefs orné d'une minuscule matriochka.

33.

À cloche-pied, je décroche les papiers qui recouvrent mes murs. Je crois que je suis arrivée au stade où je n'en ai plus besoin.

Ça y est, Milena est en moi, à force de la lire, la traduire, la réécrire, elle est devenue un personnage que j'ai enfanté et dont j'ai une connaissance intime. Ce n'est plus vraiment elle, je me suis immiscée dans son histoire, la femme qui existe dorénavant au cœur de ce récit est un être de papier hybride, une créature Frankenstein copiée-collée, à mi-chemin de ce qu'elle a été et de ce que je suis. Elle sera le centre de cette histoire.

Ça commencera par les lettres, puis viendra la nouvelle sur Lily et Clara que j'ai également beaucoup remaniée, inventant le plus gros. La troisième partie de ce triptyque, j'ai tenté de la bricoler à partir des fragments de mes carnets, de tout ce qui a virevolté entre mes quatre murs et entre les parois de mon crâne durant cet étrange printemps de début de pandémie. Mais cela aussi m'a échappé.

L'Ana qui consigne et ordonne sa nébuleuse est un double de celle que je suis, une mutante également, son père ressemble au mien sans être lui tout à fait, son Noah est une déclinaison de celui que j'ai connu. Tout s'est entrelacé, chaque partie déteignant sur les autres, il m'est à présent impossible de retrouver le chemin par lequel je suis passée pour concocter la mixture.

Ce n'est qu'en recevant le SMS de Lucie – « Ta cheville c'est vraiment énorme comme acte manqué, tu as trouvé l'excuse parfaite pour rester enfermée dans ta grotte ! Appelle si tu as besoin de quoi que ce soit » – que j'ai réalisé. Clara Svetlana Lucie, le même prénom qui revient. La lumière.

34.

Au-dessus de mon bureau, je ne laisse qu'une photo de mon père, celle de son permis sur laquelle il est jeune, léger et radieux, et une des premières cartes postales de Belgrade que Milena a envoyé à Sam, représentant l'endroit où la Save se jette dans le Danube. Ma mère aimait m'emmener là lorsque la mer lui manquait. Je me demande si je retournerai jamais dans ma ville natale. Je crois que grâce à Milena, j'ai ne serait-ce qu'un peu fait la paix avec elle.

J'ai remis les lettres dans les enveloppes, j'ai tout rangé dans la boîte avec Lassie sur le couvercle. Le doigt tapotant la tempe, Lily disait à Milena que les objets ne comptaient pas, que tout était là-dedans. Pourtant elle ne cessait de faire réapparaître les robes, les tasses, les verres, les coussins et les tapis, le fouillis de l'appartement d'Oranienburger Straße qu'elle n'a jamais vraiment quitté, où la part d'elle-même qui avait vécu l'amour fou est restée. Moi-même, j'habite dorénavant dans un musée où dans chaque recoin, telle une étrange collection archéologique, des objets précieux me rappellent qui je suis. Le stéthoscope de mon père et la platine de Noah côtoient désormais sur mes étagères et dans mes tiroirs les lettres de Milena à Sam, mais aussi les objets fantômes, l'Underwood de Mme Lily, le recueil de Rilke et la photo de deux jeunes femmes follement amoureuses, le keffieh de Peter oublié sur le portemanteau et les clichés de la mer au large de Chypre.

Après la mort de mon père, la gériatre qui l'avait suivi m'a dit qu'avec le temps, les images et les sensations des derniers mois pâliront. Que lorsque l'on a accompagné un proche dans la maladie, quelle qu'elle soit, on restait longtemps hanté par le souvenir de la souffrance, mais que ça finissait par s'atténuer. Vous allez devoir vivre avec ça, mais je vous assure que ça va passer. Vous n'allez pas oublier tout ce qui à présent vous empêche de dormir, mais d'autres images, d'autres mots, d'autres souvenirs, au fil des mois et des années, vont remonter. Un jour, vous vous souviendrez de ce qui a eu lieu avant l'horreur, des choses douces et tendres, drôles et légères.

À la radio, j'ai entendu quelqu'un dire qu'on ne faisait pas son deuil, mais que c'était le deuil qui nous faisait.

35.

Nous sommes des êtres écrits, racontés. Nos vies sont des fictions. Nous les déroulons pour nous connaître nous-mêmes, pour trouver notre place dans le monde, pour nous offrir à celles et ceux qui nous entourent. Les histoires que nous nous racontons sont les lits de nos amours et les sépultures de nos disparus.

Au cœur de la nuit de son siècle, Clara a survécu parce qu'elle est devenue un personnage, qu'elle s'est glissée dans la peau de Lily, l'amoureuse perdue. Elle a survécu parce qu'elle a su se raconter des histoires. Je ne sais pas si elle a laissé derrière elle des textes ; rien dans la nouvelle ni dans les lettres de Milena ne me porte à le croire et mes recherches n'ont rien donné. Je ne saurai probablement jamais si des bribes de ses écrits de jeunesse ont été sauvées des flammes, s'ils sont consignés dans un recueil d'anonymes disparus. Pourtant je suis convaincue que Clara n'a jamais cessé d'écrire. Que malgré la camisole des neuroleptiques, les séjours à l'hôpital, les emplois qu'elle a probablement occupés tant qu'elle en a été capable, son immense solitude, elle a toujours écrit. Son babillage n'était que cela. Le besoin de dire ce qui a existé, d'arracher l'appartement d'Oranienburger Straße à l'oubli, d'offrir à ses parents et à Lily un écrin d'éternité. Milena s'est seulement trouvée sur son chemin et elle avait un stylo à la main.

Dans la dernière lettre de Milena à Sam, j'ai souligné un passage : « L'amour de ma vie, c'est ce que je suis en train de faire. C'est l'écriture. » Il n'y a pas de page Wikipédia qui liste ses œuvres. Les films, pièces, poèmes qu'elle a signés, s'ils lui ont permis de vivre confortablement à une époque ont sans doute été oubliés depuis longtemps. Sa correspondance avec l'homme qu'elle aimait est venue jusqu'à moi pour m'aider à cheminer dans mon chagrin. Tout comme Milena s'est oubliée dans l'histoire de celle qu'elle appelait Mme Lily, qu'elle y a trouvé un ancrage pour faire face à la rupture avec Sam, à l'inconstance de Peter et, plus que tout, à la maladie de son père, accompagnant la vieille inconnue comme elle ne pouvait accompagner son père, je me suis moi-même oubliée dans l'histoire de Milena pour fabriquer une tombe de papier à ma jeunesse tourmentée, à mes amours perdues et à mon papa.

Dans *Éloge du risque* d'Anne Dufourmantelle, je lis : « Le désir, quand il s'écrit, côtoie la mort et la joie ; comme écriture, il navigue entre les destins de nos morts, ceux que nous avons aimés comme ceux dont la mémoire anarchique, en souffrance, continue à travailler en nous, à travers nous, par d'étranges répétions et hasards qui feraient presque croire à la fatalité au sens grec. En réalité, cette manière qu'a l'écriture de frayer un passage est un art de renoncer à souffrir. Car renoncer à souffrir demande beaucoup de courage. »

36.

Les dernières semaines de ce que j'appelle depuis « l'automne de Noah » ont été d'une tristesse démesurée. Nous nous croisions plusieurs fois par jour, nous échangions des politesses et des regards souffreteux, incapables de nous parler vraiment. Je me suis mise à courir tous les jours, pestant contre la pluie et les feuilles mortes, pour forcer mon corps à fabriquer des endorphines. Je rêvais que nous retrouvions la joie des mois qui ont précédé, mais je savais que c'était impossible. Nous n'étions pas des personnages de *rom-com*, quand bien même nous nous sommes efforcés de l'être, et il était préférable de nous en tenir là.

Étrangement, nous avons gardé contact par la suite. Des mails de loin en loin, un ton artificiellement détaché. J'ai appris par des amis communs qu'il avait épousé sa fiancée ; j'ai dû fournir un grand effort pour ne pas glisser piques et méchancetés dans mon message de félicitations. Deux, trois ans après, j'ai été invitée à un festival à New York et nous nous sommes revus. Je lui avais proposé de prendre un café s'il en avait le temps et l'envie. Nous avons fini par passer plusieurs longs moments ensemble, des heures à marcher dans sa ville qu'il tenait à me faire découvrir. Évidemment, avec les cerisiers en fleurs de Central Park, nos conversations sur les marches des vieux immeubles du Village, le samedi matin aux puces de Brooklyn, ça avait inévitablement des faux airs de comédie romantique. Harry, Sally et tous les autres chuchotaient à nos oreilles. J'espère qu'un jour tu écriras sur notre histoire, m'a-t-il dit alors que nous longions la Highline la veille de mon retour.

Dans l'avion, j'ai pensé : pourquoi pas ? Après tout c'était une jolie histoire. Un jour, peut-être, j'ai pensé.

37.

Plus tard encore, le contact s'est rompu. Je ne m'en suis même pas rendu compte tout de suite.

Nous nous sommes beaucoup écrit juste avant. Il avait eu un souci de santé un peu préoccupant vu son jeune âge, de mon côté j'ai dû m'occuper quotidiennement de mon père dont la santé physique et mentale se détériorait, nous avons échangé autour de cela. Jusqu'à ce qu'il cesse de m'écrire du jour au lendemain. J'ai renvoyé encore un message ou deux, mais rien. Je me suis inquiétée pour sa santé, jusqu'à ce que quelqu'un me dise l'avoir croisé à une soirée et qu'il semblait aller bien. Je ne me suis pas posée plus de questions que ça sur le moment, il nous était déjà arrivé de ne pas nous écrire plusieurs mois durant.

Du temps a passé encore, sans nouvelles. Je repensais périodiquement à Noah, perplexe, mais sans chercher à comprendre. Je me suis inventée une possible explication (la fiction, toujours), imaginant qu'il avait fait la bêtise de raconter à son épouse ce qui avait eu lieu des années auparavant et qu'elle lui avait demandé de rompre tout lien avec moi. C'était un scénario plausible. Je ne me suis à nouveau manifestée qu'en début de confinement, me disant qu'une pandémie qui suspendait soudain l'agitation de la planète était une raison valable pour reprendre contact et que face à ce que l'humanité traversait, nos petits drames amoureux n'avaient pas beaucoup d'importance. Mais encore une fois, Noah ne m'a pas répondu.

Je ne peux qu'espérer qu'il va bien. À grand renfort de marches quotidiennes, de longueurs à la piscine, de travaux manuels, de rangement, j'essaye de me défaire de l'anxiété à laquelle je suis encline. À ne pas systématiquement penser au pire. Je n'y suis pas encore, mais je m'y applique. Je sais d'où ça vient. La guerre, la maladie de mon père, les deuils successifs. Je ne serai probablement jamais quelqu'un d'insouciant. Pour m'abandonner à l'insouciance j'ai besoin d'un décor de cinéma, d'un cadre romanesque, et lorsque ça m'arrive, ça ne dure qu'un temps donné. Mais j'œuvre au jour le jour à faire preuve d'un tout petit peu plus de légèreté.

Je me concentre sur le maranta qui chaque soir relève ses feuilles, telles des paumes se rejoignant en un geste de prière, et qui chaque matin les étend. Quoi qu'il arrive, quelles que soient les nouvelles et les chiffres du jour, mon maranta est là pour me rappeler que la nuit tombe et que le jour se lève. Un bon nombre de mes proches envisage de déménager à la campagne dernièrement, disant que la pandémie leur a donné envie de sortir de la course et de retrouver la permanence cyclique de la nature. Si je continue à fantasmer sur ma maison au pied du phare, je crois que je suis encore trop urbaine, trop profondément enracinée dans le béton et l'asphalte, et qu'un maranta en pot, pour l'instant, me suffit.

Un jour peut-être j'aurai une maison à la lisière d'un village, des roses trémières qui mangeront la façade, des courgettes dans un minuscule potager, tous mes trésors réunis enfin en un seul lieu. J'aimerais un endroit à moi pour la dernière période de ma vie, pour clore le chapitre des exils et des deuils parisiens. Je ferais fabriquer des fauteuils Adirondack et je les poserais sur la terrasse d'une maison de la côte istrienne, pour me rappeler les automnes joyeux de la Nouvelle-Angleterre et mes rêves de maison hopperienne. J'aimerais trouver un bout de jardin où il y aurait un cerisier griotte déjà touffu, pour faire des strudels et inviter parfois une voisine revêche à venir prendre le café. J'adopterais un chien, un grand bâtard noir, qui pourrait s'appeler Medo – Ourson en serbo-croate –, et je recueillerais un chaton tigré que je baptiserais Jean-Paul en souvenir de celui de Milena. J'espère qu'il y aura une vue sur la mer et que le temps sera suffisamment doux en automne pour que je puisse boire un verre de chardonnay en regardant le coucher de soleil sur l'Adriatique lisse comme un miroir. Je serai une vieille dame étrange, solitaire, qui parle toute seule. Les disputes et les jeux du chien et du chat me tiendront compagnie. Je crois que je reviendrai de temps en temps à Paris, au printemps, voir les amis qui y seront toujours, peut-être même qu'on m'invitera encore parfois à un salon ou un festival. J'irai m'assoir sur un des bancs face au jardin du souvenir du Père-Lachaise, lorsque les arbres seront en fleurs. J'espère qu'à ce moment-là, il ne me restera plus que des souvenirs tendres et joyeux de mon père. Je pense que je vais continuer à écrire. Je ne sais pas si je serai toujours publiée, mais il y aura toujours de quoi bricoler, un blog, un podcast, peut-être même des feuilletons que je lirai toutes les semaines au café du village, le dimanche après la messe par exemple.

38.

Je ne sais pas si c'est Noah qui m'a envoyé le colis, et si c'était le cas, ce qu'il a cherché à me dire par là. Je ne sais pas si Milena et Sam se sont retrouvés à Trieste. Je ne sais pas si Lily a survécu au nazisme, si elle a vu un mur couper sa ville en deux, si elle l'a vu tomber ensuite, si elle a passé sa vie à éplucher les archives des camps en se consolant de ne pas y trouver le nom de Clara, si elle s'est endormie pour la dernière fois en pensant à son amour. Je ne sais pas ce qu'il aurait été si Clara et Lily avaient fui ensemble, si en 1933 elles avaient réussi à atteindre les Amériques ou l'Australie. Je ne sais pas si la vie de Milena aurait été plus ou moins épanouie si elle avait accepté la demande en mariage de Sam. Je ne sais pas si mon père aurait autant sombré sans la guerre venue éclater nos vies. Je ne sais pas si tous mes deuils auraient été plus faciles à porter si j'avais choisi de tenir un enfant par la main.

On n'a toujours qu'une version de l'histoire, celle qui a été écrite, et on se débrouille, on fait avec tous les scénarios possibles qui se dessinent entre les lignes.

39.

De mon père il me reste son stéthoscope de jeune médecin, une montre et un portefeuille aux cuirs tannés, une cafetière, une tasse, quelques outils, son permis de conduire et sa carte de réfugié. Des images de souffrance qui m'assaillent au réveil et que je cherche à recouvrir en convoquant la mémoire des jours heureux. Je pose des baumes de mots sur les douleurs, je me dilue dans les histoires, les couches d'écriture se superposent, je m'habille de ces palimpsestes.

Je suis cette enfant qui n'aime rien autant que glisser sa main dans celle de son papa, je suis Clara se pressant à Wedding pour attendre Lily devant l'usine, je suis Milena guettant le facteur. Je suis cette femme dont la jeunesse s'est enfuie, qui regarde par la fenêtre et dont les trente mètre carrés s'étendent à l'infini, se peuplent d'absents, de disparus, de fantômes, de personnages de fiction dont elle ressent chaque tristesse et chaque joie.

Je suis le soldat russe ivre qui entre dans Berlin en ruine et le pilote qui lâche la bombe sur le Reichstag, je suis la Belgradoise qui jette des fleurs sur les chars de l'Armée fédérale s'en allant supplicier Vukovar et je suis la sœur qui voit le frère chargé sur un camion à Srebrenica, je suis la boule de rage qui hurle devant les couvertures des migrants arrachées et le CRS qui lève la matraque, je suis l'homme noir que la police abat dans la Main Street et je suis le néo-nazi des réseaux sociaux, je suis le *sniper* qui vise et l'enfant qui tombe, je suis la jeune fille qui court vers son amant et celle qui hurle sur la table d'une cuisine de faiseuse d'anges, je suis Virginia au bord de la rivière remplissant ses poches de pierres et Marguerite ne cessant de revenir au bac sur le Mékong, je suis cette mère d'*East of Eden* et ce vieux lisant des romans d'amour dans la jungle, je suis la page blanche qui se recouvre d'écriture fiévreuse, l'écran sur lequel se projettent les images, je crée des mondes que je noie dans des déluges, je suis le mot qui était là avant toute chose, je suis le souffle de Dieu et le rire du diable, je suis le raz-de-marée et la vague qui meurt sur le sable.

Je pose le point final. Je dors. Tout s'efface. Au réveil, les mondes sont à reconstruire.

Remerciements

Je remercie le Centre national du livre d'avoir soutenu mon travail à plusieurs reprises au fil des années et ce projet de roman en particulier, m'obligeant à puiser en moi lorsque la crise sanitaire m'a empêchée d'aller à Berlin faire les recherches initialement prévues et lorsque ce livre a pris une direction différente.

Ma mère, à qui j'ai lu les premiers chapitres alors qu'ils étaient à peine en train d'éclore et dont les encouragements aussi ardents que peu objectifs m'ont portée. Pour la table de sa salle à manger qui me sert souvent de bureau, l'odeur de gâteaux venant à la rescousse lorsque les nourritures spirituelles ne suffisent plus à alimenter la persévérance et pour la petite maison de l'île de Hvar qu'elle s'est saignée pour m'offrir alors que la guerre avait fait voler notre quotidien en éclats. Mais surtout pour l'amour inconditionnel dont elle et mon père m'ont de tout temps entourée, et qui a été mon armure durant les années de galère.

Elisabeth Lesne et Marc-Antoine Cyr, lecteurs d'un jet initial bancal, dont les retours sincères et exigeants m'ont poussée à surmonter ma tendance à la paresse. Votre amitié m'est précieuse.

Les livres de Sarah Chiche, Carole Zalberg, Caroline Lamarche, Nicole Krauss, Annie Ernaux, dont la lecture m'a accompagnée durant l'écriture de celui-ci.

Et enfin, Armand de Saint Sauveur, mon éditeur, pour sa confiance toujours renouvelée et la délicatesse avec laquelle il a su m'aiguiller lorsque j'ai buté contre mes propres doutes.

Déjà parus aux Éditions Intervalles

LITTÉRATURE

JAN LARS JENSEN
Parano
ANTHONY JAMES PERRY
DOUZE HISTOIRES CUL SEC
ANTHONY SMITH
D'amour et d'Amazone
TERENCE WARD
À la recherche d'Hassan
LINDA GRANT
Le roman que je n'ai pas écrit
Nos années folles
GAVIN MENZIES
1421, l'année où la Chine a découvert l'Amérique
PATRICK NEATE
Twelve Bar Blues
Jérusalem
MARTIN MELKONIAN
Les mots pour jouir
ÅSNE SEIERSTAD
Cent un jours à Bagdad
BILL CARTER
Les Ailes de Sarajevo
Boom, Bust, Boom
THEO HAKOLA
Le Sang des âmes
Rakia
La fin est mon commencement
TIZIANO TERZANI
Un devin m'a dit
Un autre tour de manège
Lettres contre la guerre
Bonne nuit, Monsieur Lénine
SONAME YANGCHEN
Soname ou la bonne fortune
IDANNA PUCCI
La Demoiselle de Sing Sing
M. PAGE ET T. B. REVERDY (DIR.)
Collection irraisonnée de préfaces à des livres fétiches
MARTIN MILLAR
Les petites fées de New York
Kalix, la loup-garou solitaire
Kalix, la malédiction de la loup-garou
La Déesse des marguerites et des boutons d'or
DAPHNÉ KAUFFMANN
Nos mots croisés
Un personnage en Italie
Le Sens de l'équilibre (avec Clément Leroy)

James S. Lee

Les Tribulations d'un opiomane (1895-1915)

Tirdad Zolghadr

Softcore

Ravi Shankar

Raga Mala

Jean-Claude Boulard

Voyage au pays des juges

Guillaume Jan

Le Cartographe

Traîne-Savane

Axel Léotard

Marie et les Autres

Zachary Karabashliev

18 % gris

Jean Szlamowicz

Détrompez-vous !

Le Sexe et la langue

Gabriel Malika

Les Meilleures Intentions du monde

Qatarina

Olivier Auroy

Au nom d'Alexandre

L'Amour propre

Le Dicorona

Laurène Champalle

Christiania ou les enfants de l'utopie

Millard Kaufman

Comme sur un lit de roses

Rowan Simons

Des bambous dans la surface de réparation

Gazmend Kapllani

Petit journal de bord des frontières

Je m'appelle Europe

La Dernière Page

Le Pays des pas perdus

Philippe Coussin-Grudzinski

Voyages sur Chesterfield

Guénaëlle Baily-Daujon

Là-Batz, le roman d'une île

D. Guelar, V. Jarach, B. Ruiz

Les Enfants de l'exil

Ben Elton

Doris Darling

Anthony Neilson

Les Menteurs

Elias Jabre

Absolut Barbarian trip

Un psychopathe et demi

Arnaud Modat

Comic Strip

Ludmila Shtern

Bye Bye Leningrad
Sébastien Gendron
Zeus
David Doma
La Nuit des secrets
Stéphane Reynaud
Le Monde selon Cheng
Mikaël Hirsch
Avec les hommes
Notre-Dame des Vents
Libertalia
Quand nous étions des ombres
Gabriel Robinson
Les Heures pâles
Richard Gaitet
Découvrez Mykonos hors saison
L'Aimant
Jean-Claude Taki
Sotchi inventaire
Menahem Begin et Anouar el-Sadate
La Paix à l'œuvre
Dimitris Sotakis
L'argent a été viré sur votre compte
Comment devenir propriétaire d'un supermarché sur une île déserte
Une famille presque parfaite
Un grand serviteur
Da Ngân
Une bien modeste famille
Mileta Prodanović
Ça pourrait bien être votre jour de chance
Marianne Groves
Baby Baby
Yves Brunier
Dans la peau d'un monstre (gentil)
Rachel Vanier
Hôtel International
Écosystème
Guéorgui Gospodinov
Physique de la mélancolie
Un roman naturel
Tous nos corps
Sonia Ristić
La Belle Affaire
Des fleurs dans le vent
Saisons en friche
Jean-Luc Marret
Pornification
Oksana Zaboujko
Explorations sur le terrain du sexe ukrainien
Ai Weiwei
Weiwei-ismes
Notre humanité

Rouja Lazarova
Le Muscle du silence
Carole Zalberg
À la trace
John Robertson
La Bataille de Penang
Park Min-kyu
Ping-Pong
Timothée Gaget
Les Bonnes Mœurs
Sevgi Soysal
Tante Rosa
Youcef Zirem
La Porte de la mer
Michka Assayas (dir.)
Nouvelles nouvelles d'Azerbaïdjan
Patricia Almarcegui
Le Peintre et la voyageuse
Julien Leclercq
L'homme qui ne voulait pas devenir président
Elsa Levy
Bouddha Boudoir
Dimana Trankova
Le Sourire du chien
La Caverne vide
Alain Delmas
Dans l'ombre du viaduc
Xéno
Uršul'a Kovalyk
Femme de seconde main
L'Écuyère
Konrad Laghos
Petits Hommes
Catherine Baldisserri
La Voix de Cabo
Vesna Maric
Le Merle bleu
Sylvia Hansel
Les adultes n'existent pas
Cannonball
Bulle de savon
Wioletta Greg
Les fruits encore verts
Khosraw Mani
Une petite vie
Tiit Aleksejev
Le Pèlerinage
Hugues Serraf
Deuxième mi-temps
Le Dernier juif de France
La Vie, au fond

Constance Latourte
Avenida Vladimir Lénine
Maïa Aboueleze
Le Ballet des retardataires
Fabrice Châtelain
En haut de l'affiche
Stéphane Rose (dir.)
Cafard noir
Tagbumgyal
Le Chien, son maître et les parents proches
Anne Robatel
Dieu, le point médian et moi
Contrechants
La littérature n'est pas qu'un sport de combat
Guillaume Lafond
La Correction
Barbara Klicka
Sanatorium
Bekim Sejranović
Ton fils Huckleberry Finn
Baptiste Ledan
La Vie suspendue
François-Xavier Freland
Un été à Anafi

PHOTOGRAPHIE, LIVRES ILLUSTRÉS

Jocelyn Bain Hogg
Idolâtrisme
Abbas
Les Enfants d'Abraham
Chris Steele-Perkins
Tokyo Love Hello
Sabine Pigalle
Toxi Food
Festins libertins
Protectors
Coronabécédaire
Raghu Rai et Tiziano Terzani
India notes
Xavier Lambours
Cinéma
Stéphan Gladieu
Roland-Garros, fenêtre sur courts
Fouad Elkoury
De la guerre et de l'amour
Guillaume Reynard et Jean-Claude Taki
Lettres kazakhes
Sotchi pour mémoire
Magnum Photos et Bruno Gibert
Quarante-cinq histoires d'automobiles
Célia Houdart
Georges Aperghis : Avis de tempête
Sophie Prunier-Poulmaire (dir.)
Le travail révélé
Êtres au travail
Naomi Harris et Yann Perreau
California Dreaming
Liz Hingley
Under Gods
Tomas van Houtryve
La lutte continue
Éric Atlan
Mortem
Le Chant du Monstre, revue (n°1, n°2, n°3)
collectif Argos
Gueule d'Hexagone
Héctor Mediavilla
S.A.P.E.
Aurélien Abels Eber, Romain de La Bouvrie et Thomas de La Bouvrie
Terre de foot
Jérôme Cabanel
Les Bâtisseurs
Catherine Viale et Mathias Moreau
It's not only Rock'n'Roll
Piotr Barsony
Papa porte une robe

Julien Nouveau
Éloge des arborinidés
Matthias Heiderich
Spektrum Berlin
Emmanuelle Han
Flying Blues
Geraldine Jacques
Rhizome
Taylor Holland
EuroBus
Hugo Jacomet
Parisian Gentleman
Italian Gentleman
Aymon de Lestrange
Angelo Mariani, le vin de coca et la naissance de la publicité moderne
Cécile Cazenave (dir.) & Terra Project
Terres à vendre
Anne de Vandière
Tribus du monde
Caroline Dartiailh et Laure Didry
La Faune parisienne
Alban Lécuyer
Ici prochainement : Sarajevo
S. Buitekant et J.-L. Soularue
Regarde où tu marches
Damien Kempf
Monstres médiévaux (avec Maria Kempf)
Chasseur de monstres médiévaux
Carlo Bevilacqua
Utopia
Sophie Le Berre
Personal Tattoo
Marthe Pequignot
Bibliométéo
Julie Andrade et Audrey Zeilas
Les Villes émotionnelles
Martin Bertrand
Mékong